# 花咲小路三丁目北角のすばるちゃん

小路幸也

ポプラ文庫

花咲小路三丁目北角のすばるちゃん　目次

# 花咲小路三丁目北角のすばるちゃん

# prologue

卒業式。

高校の。

なんかすっごい感動があったりするのかなってちょっとだけ期待してたんだけど、そんなこともなかったんだ。

式は練習通りに坦々と進んで、クラスに戻ってきても皆はわいわい騒いだけどテンションは高くなくて普通な感じだった。何人かの女子は涙ぐんだりしていたけど、それはもう普段から涙もろい女子で、あぁやっぱり君は泣いちゃったね、って感じで皆が生温かい眼で見ていて。

うちのクラスはいじめなんてのはなかったけど、皆が〈無難に仲が良い〉って感じの、悪い意味じゃなくてぬるめの繋がりばかりだったんじゃないかって思う。そして、実はそういうのが普通なんじゃないかって思うよ。小説やドラマや映画に出てくるようなちょっとそれはエグイぞっていう環境のクラスって、たぶんそんなにはない、はず。

実はそこそこ進学校だから、七割は大学に行く。二割が専門学校とかで、残りの一割がいろんな理由での就職組。進学する連中はわりとあちこちに散らばっちゃうから、来年はクラス会やろうぜ、なんて話をしていて旅立ちとか別れって雰囲気をけっこう醸し出していたんだけど、僕は数少ない就職組でしかも思いっきり地元。

地元っていうか、自分の家で、そのまま就職。

しかも、社長。

十八歳で、個人事業主。

そんなカワイイ顔して社長かよ！　って皆に言われたけど社長と顔は全然関係ない。身長も一六七センチしかなくてやせてるから余計にカワイク見られて、文化祭で女装男子って出し物をしたらホントにものすごい大好評で、内緒にしてるけど男子から告られたりしたんだけど、あれはもう勘弁してほしい。

僕はものすごくノーマルな男子だ。小さい頃からカワイイ女の子みたいって言われ続けたので免疫ができているんだけど、本当に普通の男の子だから。

そのカワイイ顔は、もう生まれ持ったものだからしょうがないとして、身長は何とかしたいんだ。せめて一七〇は超えたいし、まだ伸びる可能性はゼッタイにあるはず。都市伝説だろうけど、背を伸ばすために毎朝牛乳はしっかり飲んでいる。

クラスの皆は、僕が駐車場の管理人になるのはずっと前から知っていたから特に驚きもなく、「車買ったら〈花咲小路商店街〉に買い物に行って、すばるちゃんのところに停める！」って言ってくれてたけど、今の時代にどれだけの連中が自分の車を買うんだろうね、って話で。

それぐらいの、何ていうか、日本の景気動向みたいなものは、税理士の木村さんにも言われているから少しは把握しているつもり。

たぶん、同級生がうちの駐車場に自分の車を停めに来ることはほとんどないんじゃないかな。あったとしても十年とか経ってからじゃないか。

「お帰り」

「ただいま弦さん」

卒業式が終わってそのまま一緒に帰ってきた僕と瑠夏を見て、白髪で髭面の弦さんがいつもの作業着姿でシトロエンから出てきた。

両手に何かを持っていて、それをそのまま僕と瑠夏の顔先にひょいと上げた。

「卒業おめでとう」

渋くて低い声でそう言って、顰めっ面をした。顰めっ面にしか見えないんだけど微笑んでくれているんだっていうのはわかる。何かと思ったら、広げた手の上に何かが載っかっていた。

「カワイイ!」

瑠夏が大きな声で言ってそれを受け取った。これは。

「カレッジリング?」

弦さんが、唇を曲げながら頷いた。海外の学校で卒業のときなんかに配られる指輪だ。シルバーで、しかも大きなブルーの石が入っている。

「名前も彫ってある！」

瑠夏がリングの裏を見て言った。

「あ、ホントだ」

二人のを比べた。〈RUKA〉と〈SUBARU〉。今日の日付も彫ってある。

「サイズもそれぞれ左手の薬指でいいはずだ」

瑠夏は眼を真ん丸にしてニコニコしながら自分で指を入れた。

「ピッタリ！　すばるちゃんは？」

してみた。うん、ピッタリだ。二人でお揃いのカレッジリングを陽射しにかざしてみたらきれいに光った。

「弦さん、嬉しいけどこれ材料費高かったんじゃないの？」

買ったものじゃなくてもちろん弦さんの手作りだ。訊いたら、首を横に振った。

「ガキが心配するな。昼までいいのか？」

「いいよ」

「じゃあ、後でな」

そのままぶっきらぼうに隣の自分の家まで歩いていってしまう。いつもの無口で無愛想な弦さん。

「弦さん、ありがとう！」

瑠夏が大きな声で言ったら、背中を向けたまま、ひょいと右手を上げた。弦さんに手を振った瑠夏はそのままシトロエンに入っていって、助手席に座った。何か言ってる。父さんに教えているのか。僕も車の中に入って、運転席に座った。

『卒業おめでとう』

父さんの声が聞こえる。

「ありがとう。弦さんに指のサイズを教えたの父さん？」

『そうだ。すごく良いものだって？』

「うん」

父さんなら僕と瑠夏の指のサイズを把握していて当然。僕はもちろん、瑠夏もハンドルを握ったりしてるからね。それで父さんは僕たちの指のサイズがわかる。体重とかもわかっちゃって、この間瑠夏に言ったら女性の体重を人に言うものじゃないって父さんは怒られていた。

『卒業式はどうだった？』

まぁ、って感じで話した。皆が車を買ったら停めに来るって言ってたけどいつになるやら、って。父さんも確かにな、って少し笑った。

瑠夏がウィンドウの向こうを見渡して言った。

「じゃあ、駐車場ご利用第一号の友達には、記念品をあげたらどう」

「じゃあ、瑠夏も〈田沼質店〉ご利用第一号の友達に記念品あげる？」

瑠夏も、数少ない就職組。瑠夏の場合も僕と同じで就職っていうよりは家業を継ぐんだけど。

うー、って唸った。

「私の場合はそんなことにならないのを祈るけど。友達がお金を借りに来るってことだよ」

「祈ったら商売にならないじゃん」

「そうだけど」

駐車場って商売はわかりやすいけど、質屋って商売は何というか、複雑だと思う。特に瑠夏のところは本当にマジで昔ながらの〈質屋〉だから。

瑠夏の部屋がある大きな〈蔵〉には、田沼家三代にもわたって預かってきた相当にわけありの品物、あ、質流れの品があるって話だ。

「〈カーポート・ウィート〉ってさ」

瑠夏が言った。

「違うよね」

「何が」

「〈パーキング・ウィート〉か〈モータープール・ウィート〉辺りが正解なんじゃないのかなぁ、ってずっと思ってるんだけど」

うん。

「確かにそう」

カーポートって、普通は一軒家の屋根だけの車庫なんかを言うと思うんだ。

「そうですよね、おじさん」

瑠夏が、カーラジオに向かって言うと、エンジン掛かっていないのに、ラジオのチューニングのところがチカッと光る。

『そうだね』

ラジオから父さんの声がする。

『でも、あのときはもう看板発注してあってどうしようもなかったんだよ。親父は言い出したら聞かないし。それに、すばるのためにカッコいい名前にしようと思ったんだろうなっていうのがわかったからね』

そうなんだ。

じいちゃんが、近い将来たぶん一人になっちゃう僕のために、僕が生きていけるように自分の整備工場を、〈麦屋（むぎや）車体工業〉を潰して作ってくれたこの駐車場。

〈カーポート・ウィート〉。

麦屋っていう苗字（みようじ）だから、小麦を英語にしてウィート。

わかりやすいようでわかりにくい。カッコいいようで別にカッコよくはない。でもそこは、腕はいいけど単なる自動車整備工だったじいちゃんのセンスに期待してもしょうがなかったんだけど。

　でも、じいちゃんの、近い将来僕が一人きりになるっていう予想は悲しいことに当たってしまった。そして僕が一人きりになっても慌てなかったのはこの駐車場があったからかもしれない。

　それと、このシトロエン。

「でもまぁ、駐車場の名前なんか誰も気にしないしね」

『確かにそうだな』

　どんな名前でも、そして受付が僕みたいな小僧でも気にしない。料金はそこそこ安いし、〈花咲小路商店街〉に車で来て、買い物したりご飯食べたりするのにはめっちゃ便利だし。

「すばるちゃんはずっとここをやっていくの？」

　瑠夏が、まっすぐ前を見ながら言った。

「当分はそのつもりだけど？」

　せっかくじいちゃんが僕に残してくれた商売だから、いきなり止めたりはしない。

「そっか」

「なんだよ」

「いや、他に何かやりたいことはないのかなって」

　それは、父さんにも訊かれたし、弦さんも言ってた。もうじいちゃんはいないんだし、父さんもいないんだから、そのために自分の将来を決めることはないんだぞって。それこそ専門学校や大学に進学するぐらいのお金は、悲しい事実だけどじいちゃんや父さんの死亡保険金があったし。

でも、〈カーポート・ウィート〉は、〈赤いシトロエンのバンが看板代わりの駐車場〉は、〈花咲小路商店街〉にある唯一の専用駐車場なんだ。じいちゃんがここを作ったときには、商店街の皆が喜んでくれたんだ。

そして、そんな商店街の皆が、じいちゃんも父さんも死んで身寄りのなくなった僕の面倒をずっと見てくれているんだ。瑠夏の家なんか、僕をそのまま息子にしてもいいんだからっていつも言ってくれている。

恩返ししてもいいんじゃないかって思ってるんだ。

将来、何かやりたい仕事が見つかるにしても、それまでは。

それに、駐車場の管理人っていうのも案外嫌いじゃないしね。

空いてる時間に好きなだけ本を読めるから。

# 一　車のトランクに入っていた女

シトロエンのバンで、タイプHYって車。色は赤。渋い感じの赤。

たぶん誰でもどっかで似たような車は見たことあると思うんだ。よく、コーヒーとかハンバーガーとかクレープとかのショップで移動販売車になってるような、背の高い車。

あれの本家本元って言ってもいいと思う。

そこが、僕の家。

冗談抜きで寝泊まりしている、本当に自宅。

車にはベッドもあるしテーブルもあるし台所だってある。トイレはないので弦さんの家のを使っているけど。

元々はじいちゃんとばあちゃんの思い出の車だったらしい。一九五〇年代ってことだから、今からもう六十年以上も前の話だ。その頃のじいちゃんばあちゃんは、まだ十代とか二十代。その昔、じいちゃんのお父さん、つまり僕のひいじいちゃんはここで自動車販売の仕事を始めたらしい。戦後すぐって話。

それを、自動車整備工になったじいちゃんがそのまま〈麦屋車体工業〉っていう整備工場にした。そして、持ち込まれたこのシトロエンの持ち主がばあちゃんのお父さんだったらしい。

それからずっとこのシトロエンのバン、タイプHYは家にあった。父さんも僕も小さい頃によく乗せられてあちこちドライブした。ばあちゃんが死んで母さんが失踪して父さんが入退院を繰り返すようになって出かけなくなってからも、ちゃんと整備されてずっと整備工場の入口にあった。

そして、じいちゃんが僕のために〈麦屋車体工業〉を〈カーポート・ウィート〉にしてからは、この車が看板代わりと受付で、駐車場の入口に置いてある。

「なるほど、そういうことだったのか」

四月になった日の朝八時。

まだ商店街の店は開いていない時間帯に、〈和食処あかさか〉の望さんが、シトロエンの運転席に座って、ハンドルを軽く叩きながら頷いた。

「え、でも」

望さんが言った。

「細かいこと訊いていい?」

「いいですよ」

「元の自宅はどうなったの。おじいちゃんが亡くなられたときには、ここにすばるちゃんの家はまだあったんだよね」

「ありましたよ。この上に」

「上？」

　両手で形を作って説明した。

「それこそ、カーポートみたいに一階にこの車が置いてあってその上に覆いかぶさるようにして家があったんです。でも、すごくボロボロで」

　元々は工場の二階の住居部分を残しただけの家。築何十年も経っていて、近いうちに壊さなきゃならないぐらいに本当にボロボロだったんだ。改装する費用がもったいないし、じいちゃんも死んじゃって、どうせ僕一人しかいないんだから。

「だったら壊しちゃって、その分車を停められるスペースを増やした方がいいと思って」

　だから、このシトロエンを僕の家にした。アメリカとかにはキャンピングカーに住んでいる人がいると思うけど、それと同じ発想だ。

　なるほど、って望さんは頷いた。ポンポン、って感じでシートやなんかを軽く叩く。

　きっと今、父さんはものすごい顰めっ面をしながら堪えている。

　父さんは、僕以外の人が運転席や助手席のシートに座ると、重たくはないんだけど誰かに膝の上に乗っかられているような気がするんだそうだ。だから、弦さんはいつも後ろの椅子に座っている。

でも、女の子なら、瑠夏ならまぁ座ってもいいなって父さんは言ってた。まぁ確かに男に膝の上に乗っかられるのはイヤだし、女の子ならイイかって思うよね。

もちろん、父さんのことは内緒だ。

知っているのは瑠夏と弦さんだけ。

言ったって誰も信じないだろうしね。

死んじゃった父さんの魂がこのシトロエンに留まっていて、ラジオのスピーカーを通じて話ができるなんて。

望さんがウィンドウの向こう、駐車場の隣の古い木造住宅を見た。

「じゃあ、あそこが、アクセサリー作ってる〈GEN〉の清水さんの家？　元の〈岡そば〉」

「そうです。今は弦さんが住んでいます」

昔は〈花咲小路商店街〉の唯一の蕎麦屋さんだった〈岡そば〉さん。僕も小さい頃だったから覚えていないけど、店を継ぐ人がいなくて潰してしまって、今の家の持ち主である息子さんは今はニューヨークだ。

「大学教授をやってる岡田大介さんですね」

家は人が住んでいないと荒れてしまうからって、弦さんが頼まれて住んでいるんだ。もしも弦さんがいなくなってしまったら、僕が住んでもいいってことになってる。

「この指輪も、弦さんが卒業祝いに作ってくれたんですよ」

カレッジリングを見せたら、望さんがこれはいいなって頷いていた。

じいちゃんと一緒に整備工や板金工をやっていた弦さん。工場を潰してからは元々趣味で作っていた金属系のアクセサリーを本格的に作り始めて、それをあちこちの店で売ってる。実はけっこう評判がいいんだ。ネットショップもやっていて、海外からも注文が来るぐらい。

そうだったのかって望さんは言う。

「まだ僕はここでは新参者みたいなものだから、わりと知らないことも多いんだよね」

望さんはこの間まで〈喫茶ナイト〉をやっていた仁太(じんた)さんの甥っ子さんで、その店に住んでいたこともあるんだ。ちょっと前にこの町に帰ってきて、しばらくの間は〈喫茶ナイト〉を仁太さんと一緒にやっていた。

〈喫茶ナイト〉は、今は新しい店にするために改装中だ。〈あかさか〉の淳(じゅん)ちゃん刑事さんと結婚するミケさんが、その店をやることになっているって聞いた。

「じゃあ、これまで通り、〈あかさか〉と〈カーポート・ウィート〉の契約も継続ってことで」

「はい」

「もちろん、すばるちゃんも今まで通り、いつうちにご飯を食べに来てもいいんだからね」

「ありがとうございます」

〈花咲小路商店街〉の一丁目にある〈和食処あかさか〉。

少し前まで厨房にいた赤坂のおじいちゃん、辰さんがもう料理を作れなくなってしまって、引退することになったんだ。それを引き継いだのが、それまで三丁目の〈喫茶ナイト〉にいた望さん。〈あかさか〉の美味しい味もしっかり受け継いでくれてるって、皆が喜んでいるみたいなんだ。

それで、駐車場の契約もそのままってことで、僕は望さんとちゃんと話したことがなかったたし、望さんもこの駐車場のことはほとんど知らなかったからって挨拶に来てくれたんだ。

「でも」

望さんが言う。

「皆に言われてると思うけど、偉いねすばるちゃん。一人で頑張って」

うん、皆に言われる。

「でも、本当に偉くなんかないですよ」

全部、じいちゃんや商店街の人が助けてくれているんだ。僕が一人で頑張ったことっていえば高三の四月に十八歳になったから、すぐに車の免許を取ったぐらいだ。それまでは内緒で練習をしていたけど。

商店街のお店とここの契約は一ヶ月に大体四千五百円ぐらい。つまり、一日百五十円。安いって思われるかもしれないけど、飲食店なら僕は一日一回タダでご飯を食べられることになっている。その他のお店でも必要なものやサービスを、それなりに安い金額で買ったり受けられるようになっているんだ。

全部、じいちゃんが僕のために商店街の皆さんと一緒になって決めてくれたこと。

「すごいテクニックだって聞いたよ。車の運転」

望さんが言った。

「普通なら十五台しか停められないここに、すばるちゃんなら二十五台停めるって。そのテクニックを見たくて停めに来るお客さんもいるって話」

「それは、任せてください」

それだけが、自慢だ。十歳の頃からじいちゃんに車の運転を教えてもらって、そしていろんな車を敷地内で運転してきて、どんな車でも乗った瞬間に〈車体感覚〉を摑めるしアクセルとブレーキも一回踏んだらその利き具合を把握できる。

冗談抜きで僕は車を二センチの隙間を開けて駐車できるんだ。そんなふうにするのは本当に忙しいときだけどね。

「そういえば、内藤(ないとう)こずえちゃんは友達なんだよね？」

「あ、そうです」

四丁目の〈マンション矢車(やぐるま)〉に住んでいる内藤こずえ。高校は違うけど同い年で、瑠夏の親友だ。今度は三人でご飯食べにおいでよって言って、望さんは帰っていった。

こずえは前から就職するって言ってたけど、美術系の専門学校に入学した。本当は大学に行けってお母さんに言われていたらしいけど、なんかミケさんと仲良くなって、自分のやりたいことがわかったとか言ってたんだ。

ピンクの軽自動車が入ってきた。車から降りてきたのは、たまに停めに来るおばさん。いつもスーツとか着てるから、営業かなんかの仕事をしてると思うんだ。

「おはようございます」

「おはよう。一時間ぐらいで戻ると思います」

「わかりました。いってらっしゃい」

キーを預かって、車に乗り込んでそのまま空いているスペースに入れる。混んでいないときには普通に運転して普通に入れる。端っこから入れるのが普通だと考えがちだと思うんだけど、実は真ん中辺りから順番に停めていくのがいちばんやりやすいし、混んできたときにも入れ直しがしやすいんだ。

常連さんはけっこういるんだ。一週間に一回必ず一丁目の〈バークレー〉にカレーを食べに来る人や、〈和食処あかさか〉に来る権藤(ごんどう)さんって刑事さんもたまに車に乗ってくる。それから、月に一回必ず〈花の店にらやま〉でお花を買ってから近くの市立病院に行く人もいる。

たくさん話すわけじゃないからどこの誰かはわからないけど、顔は知ってるし世間話もしたりする。駐車場の管理人って、意外と社交性も必要だと思う。

シトロエンに戻ったらラジオが光った。

『望ちゃんも元気そうだったな』

父さんが言った。

「優しそうな人だよね」

そうだな、って父さんが頷いた。

『辰さんも、跡継ぎができてホッとしてるだろう』

「そういえば、〈あかさか〉の淳ちゃん刑事さんって、父さんの教え子だったんだよね」

『そうだよ。彼も優しい男の子だったな』

生きているときは中学校の国語の先生だった父さん。

僕の読書好きは父さんの血だ。物心ついたときからずっと家には小説がたくさんあって、今もシトロエンの中には文庫本が山ほど置いてある。

『さっき、瑠夏ちゃんが手を振ってたぞ』

「そう？」

ミラーを見た。窓は閉まってる。シトロエンはちょうど〈田沼質店〉にお尻を向ける恰好で停めていて、左側のサイドミラーに瑠夏の部屋の窓が映るようにしてあるんだ。父さんはミラーに映ったものなら、自分の眼で見たように感じ取れる。

「用事あるんならLINEしてくるよ」

『そうだな』

駐車場には開店準備がほとんどない。ゲート代わりにしているチェーンを外したらもうそれで終わり。どこかにゴミが飛んできていたりしたら掃除はするけど。その代わり、看板代わりのシトロエンは毎日磨くことにしている。車が汚いと、やっぱりいい感じはしないだろうからね。昨日は雨も降っていないし、大きなブラシで磨くだけでオッケー。

〈カーポート・ウィート〉は、基本料金三十分で百円。一時間で二百円。二時間では少し割引で三百五十円。営業時間は基本的には朝七時から夜十時まで。預かるのは車のキーだけで連絡先とかは訊かないから、閉店時間になっても取りに来ない人がいたら〈花咲小路交番〉に連絡することもある。

でも、今まで大きなトラブルが起こったことはないんだ。いちばんの大きなトラブルといえば、近所の半ノラのドラちゃんが車の上で粗相(そそう)をしてしまったぐらいで、それは僕が掃除をしてあげた。

やっぱり土日は一日中忙しい。商店街に買い物やご飯を食べに来る人がけっこういるからだ。だから、土日は弦さんも僕も一日中フル稼働することが多い。たまに瑠夏に手伝ってもらったりもする。

その代わりに、平日はけっこうヒマだ。お昼時にちょっと混むぐらいで、後は一時間に二、三台来るとかそんなもの。基本的に僕がずっといるけど、用があるときには弦さんに代わりを頼む。頼まなくても弦さんは、自分のアクセサリー作りの合間を縫って顔を出してくれる。

車が来なければ、僕は後ろのソファに座って本を読んでる。ノートパソコンで映画やテレビを観たりもする。

瑠夏が遊びに来たり、駐車場に集まるネコたちと遊んだり、散歩途中のセイさんと話したり、お花の配達途中の花乃子(かのこ)さんやめいちゃんが来たりもする。他にも通りがかった商店街の人たちがしょっちゅう顔を出してくれる。

それに、父さんもいる。

退屈することはほとんどないんだ。

☆

朝ご飯は、シトロエンの中で目玉焼きとかを自分で作って食べるけど、お昼ご飯はその日によっていろいろ。瑠夏がお弁当を作ってくれたり、道路の向かいにあるお弁当屋さんで買うこともある。

晩ご飯は、出前を頼むことが多い。商店街の飲食店はほとんど出前に対応してるから、電話一本でお願いできるんだ。そして、できるだけ商店街のお店で食べるようにしている。

今夜は二丁目の〈ラ・フランセ〉にした。チキンドリアとポトフのセット。持ってきてくれたのは、大学生の海斗くん。

「すばるちゃん、お待ち」

「あ、ありがとうございます」

自宅から大学に通っている海斗くんは、めっちゃ頭が良い。高校ではいつも成績がナンバーワンだったたって話だ。

「今夜は忙しい？」

「ヒマです」

「うちもだ。ここのところ天気が悪いから客足が落ちてるね」

「あー、そうですね」

確かにそうだ。今日も昼からぐずついていた。〈ラ・フランセ〉はフランスの家庭料理のお店で、商店街でも人気のお店だ。昔からずっと繁盛店で僕も大好き。

あたりまえの話だけど〈花咲小路商店街〉のお店が全部元気で繁盛してくれないと、この駐車場も困ってしまうことになる。商店街のために何かできるならしたいんだけど、今のところは何にも思いつかない。

「ニンテンドースイッチ買ったからさ。今度遊びにおいでよ」

「行きます行きます」

じゃあね、って手を振って海斗くんが帰っていった。

「いただきまーす」

美味しそうな匂いのするポトフを食べようとしたら、車のヘッドライトの光が駐車場に入ってきた。大きな車だ。黒のセダン。クラウンかな。

「いらっしゃいませ」

車から降りてきたのは、少し太っている感じの中年の男性。見たことない人だ。薄手のコートを羽織(はお)りながら近寄ってきた。

「ここに置いていいかな？」

「はい、こちらで回しておきます。受付票です」

時刻を打った受付票を渡す。

「〈花咲小路商店街〉のお店をご利用でしたら、お店のレシートをお忘れなく」

わかった、って感じでおじさんは頷いて、少し早足で商店街の方へ歩いていった。

雰囲気はいかにもサラリーマンって感じ。

車はやっぱりクラウンだった。しかも、相当古い。乗った瞬間にあちこちへたっているのがわかるけど、高い車だから丈夫に作られているのを感じる。

ゆっくり動かして、空いているところに停める。キーを外して、ドアをロックする。鍵穴に差し込んでロックする古い車も久しぶりだ。

でも、こういう方が好きだな。

『すばる』

シトロエンに戻ってキーをボードに引っかけて、さぁ食べようと思ったら、父さんが話しかけてきた。

「なに?」

一瞬沈黙。何だろうって思って、一口ポトフを食べて、待った。

『今、駐車した車は古い車かい?』

「うん。かなり古いよ」

トヨタのクラウン。そんなに詳しくないからわからないけど。

「ひょっとしたら、二十とか三十年落ちぐらいかもしれない。相当へたってるから」

『そうか』

父さんは、どういうわけかわからないけど、駐車場に停めた車だったらその様子が手に取るようにわかるそうだ。

大きな重い荷物が載っているとか、犬が乗っているとか、車内にアルコールの匂いがあるとかまで。

それを父さんは〈魂の手が伸びている〉って表現している。もちろん理屈でなんか説明できない。そもそも父さんの存在自体がこの世の理屈からはみ出しているんだから考えてもしょうがない。

ただし、車種とかはわからないんだ。父さんも車にはまったく詳しくなかったから。

「どうしたの？　なにかあった？」

僕は何も感じなかったけど。また沈黙があった。

『言いたくないいんだけどね』

「うん」

『トランクの中に人がいる』

「えっ!?」

思わず、スプーンを置いてクラウンを見た。

「マジ?!」

『マジだ』

まさか。

「死体?!」

冗談じゃないって思ってしまった。

「淳ちゃん刑事さんに！」

『いや、待て』

「なんで！」

『慌てるんじゃない。トランクに入っているのは生きている人間だ』

生きてる人間。ちょっとホッとしたけど。

「いやでもトランクに人を入れるなんて」

犯罪以外の何ものでもない。

「交番に電話しなきゃ」

『いや、確かめてからにしよう。父さんはトランクに人がいるって確信しているけど、責任者であるお前が確かめなきゃならない。そうじゃなきゃ説明できないだろう』

「確かめるって」

トランクを開けるのか。いやもちろん車のキーは預かっているから開けられるんだけど。

「本当に死体じゃないんだよね？」

『それは、間違いない。生きてる人間だよ。ただし男か女か、子供か大人かはわからない。少なくともとんでもなく太った人間じゃないことだけは確かだ。開けるときには充分気をつけるんだよ』

「わかった。あ、でも警察に何て言おう。勝手にトランクを開けるのは犯罪だよね」

一瞬沈黙した。

『誰も車内にいない車が揺れるのを見たので、不審に思ったとでも言えばいいんじゃないかな』

「そうか」

預かったクラウンのキーを吊るしてあるボードから取った。

『本当に、気をつけるんだよ』

「了解」

シトロエンを降りた。駐車場の専用の照明はないんだけど、周りに街灯が三つあるので充分に明るいんだ。それでも一応、マグライトの大きいのを持って出た。これ、武器にもなるんだ。アメリカの映画でよく警察官が持ってるやつ。

クラウンに近づいた。耳を澄ましたけど何にも音はしない。

と、思ったら。

(動いた？)

車体が揺れたような気がした。

ヤバい、ゼッタイヤバい。

でも確かめなきゃならない。昔の車だから、トランクを開けるのに、トランクの鍵穴にキーを差し込むんだ。

そっとキーを差し込んで、捻(ひね)った。キーは差し込んだまま、ガバッ！　ってトランクを開けた瞬間に後ろに跳びながら中を照らした。

人間。

女。

若い。

小さな悲鳴。

「誰?!」

「本条ぉ?!」

「すばるちゃん?!」

懐中電灯を消した。トランクの中で眩しそうにかざしていた手を下ろした。

本条美和子。

同じクラスの、いや、この間まで同じクラスにいた女子。

「なにしてんの?!」

本条が、眼を真ん丸くしてきょろきょろしてる。

「ここ、すばるちゃんの駐車場?　ウィート?」

「そうだけど、いやお前なにしてんのホントに」

本条がトランクから飛び出すように出てきた。また辺りをきょろきょろ見回した。

「この車の人は?!」

「人って」

「運転してきた人！」

「どっかに行ったよ」

「どこへ?!」

「知らないよ」

車を停めたお客さんがどこへ行ったかなんて知るはずがない。

「帰ってきたら、わかるかもしれないけどね」

「どうして？」

どうしてって。なんだこいつホントに。テンションがおかしい。こんな女の子だったっけ。大人しくて控え目で、優等生のはずだったんだけど。

「もしも〈花咲小路商店街〉で買い物したり、ご飯を食べたりしたらレシートを持ってくるかもしれないからね。千三百円以上だったら一時間無料」

つまり、レシートを見るからその人がどこへ行ってきたかは、わかる。そう言ったら、本条は大きく頷いた。

「瑠夏は？　隣同士だよね！」

隣を見た。瑠夏の家〈田沼質店〉の大きな蔵。

「あそこ」

蔵のいちばん上の、電気が点いている窓が瑠夏の部屋。

「お願い！　スマホ持ってくるの忘れたの。瑠夏に電話して、アリバイ作らせて」

アリバイって。

本条美和子。

お前、本当になにやってんの。

『同級生だった子?』

ラジオが光って、父さんが言った。

「そう。本条美和子って子」

『父さんの知らない子だな』

だと思う。

『そんなに仲良くはなかったのかい?』

「いや、普通だよ」

三十八人もいるんだから、滅多に話さない子だっている。でも、基本的には全員が普通に仲良くやっていたクラスだから、女子も全員が僕のことを〈すばるちゃん〉って呼んでいたし、本条もそうだった。

「頭良くてさ。大人しくて、メガネかけてて、図書委員だった」

『何だかマンガの登場人物みたいだね』

「その通り」

確かにそうだけど、申し訳ないけどそんなにカワイイわけじゃないから、元気なヒロインの隣にいつもいる脇役って感じの女子だ。

『お前は図書室は利用してなかったのか？』

「あまりね」

何度か行ったことはあるけど、学校の図書室にある小説はほとんど家にあるものばかりだったから。そして図書委員だったんだからきっと本条は読書好きの子なんだろうけど、そういう話もしたことなかった。

「東京のM大に合格したんだよ」

『それは、大したものだ。本当に成績が良い子だったんだね』

そうなんだよねぇ、って左側のサイドミラーを見た。父さんも見たような気がする。瑠夏の部屋の窓が見える。二人で本条のお母さんに電話して〈アリバイ〉を作ってからこっちに来るって瑠夏からLINEが入っていた。

なので、それを待っている。

『しかし、何をどうしたら、そんな大人しい女の子がトランクに入るような真似をやらかすのかな』

「ぜんっぜんわかんないよね」

まだ何にも聞いていないんだ。本条がものすごく慌てていたから、とにかく落ち着けって言って瑠夏を呼び出したら、瑠夏も眼を丸くしてびっくりしていた。

『アリバイ作り、ということは、本条さんは自分の家からM大に通っているんだね』

「聞いてないけど、たぶんね」

そういうことだと思う。ここから東京までは電車で一時間掛からないから、通学は充分できるんじゃないかな。男子には東京の大学に家から通うって言ってた奴もいたから。

『だとすると、ひょっとしたらあのクラウンに乗ってきた男性は、本条さんの父親ってことになるのかな？』

「その可能性は高いよね」

犯罪っぽくはなかった。たとえば拉致みたいなことをされたんなら本条は警察を呼んでって言うだろうしね。

『ドライバーは、声からは中年の男性のように思ったが』

「そう、中年のおじさん」

身長はきっと一七五センチもないぐらい。そんなに太ってるわけじゃないんだろうけど、でも、丸顔だったから印象としては小太りな人。普通の真面目そうな、優しそうな感じの男の人だった。少なくとも危なそうな人じゃなかった。

『来たんじゃないかな』

父さんが言った。確かに、瑠夏と本条の二人の声が聞こえた。

『深い事情があるんだろうから、できるだけ力になってやるといい』

「わかった」

コンコン、ってドアを叩く音がしたので、開けた。

瑠夏と、落ち着いた様子の本条。

「お待たせ！」

瑠夏が言って、本条は申し訳なさそうな顔をして、頭を屈めて入ってきて、シトロエンの中を見回して少し眼を丸くしていた。そういえばこいつクラスの女子の中では背が高かったんだよね。たぶん、一六五センチはあると思う。

「スゴイ。本当に部屋になってるんだね」

うん、皆そう言うけど、そんなに大した改造はしていないんだよ。普通のワンボックスだって、シートをソファに替えたらほとんど部屋と同じだからね。

窓にはシェードがあるからそれを閉めたら中は外からは見られない。だから、さっきの中年のおじさんが車を取りに戻ってきても本条の姿は確認できないから大丈夫。

「どうぞ、座って。何か飲む？」

「何でも飲めるんだよ。コーヒーでも紅茶でも日本茶でもジュースでも」

瑠夏が言う。

「何でも？」

「ちゃんとそこの柱に電源があってそこから電気取ってるからね。冷蔵庫もあるし、水道も来てるし、本当に普通の暮らしができるんだよ」

僕が何にも言わないでも、元々はここにすばるちゃんの家があったんだからねって瑠夏が説明してくれる。

「じゃあ、紅茶で」

「了解」

本条はまだ珍しそうにきょろきょろしてる。お湯は電気ポットであっという間に沸くから、ティーバッグの紅茶もあっという間にできあがる。

「はい、どうぞ」

「ありがとう」

「それで、アリバイ工作はうまく行ったの？」

訊いたら、瑠夏がVサインを出した。

「オッケー。美和子ちゃんのお母さん、うちのお母さんと仲良いからね」

「そうだったのか」

それは知らなかった。

「私もまだ全然事情は聞いてないんだけど」

瑠夏はそう言って、本条を見た。本条は申し訳なさそうな顔をして、紅茶を一口飲んだ。そして、どうしようか迷っているように下を向いた。

「どうしても言えないんだったらいいけどさ」

そう言ったら、本条は首を横に振った。

「迷惑掛けちゃったし」

「迷惑なんて思ってないよ！」

　瑠夏だ。

「友達だもん。頼られたら嬉しいし何とかしてあげようって普通思うよ。それに見返りなんか求めないよ。友情だよ！」

　グッ、と拳を握って瑠夏は言う。実は、瑠夏は男前なんだ。本人はそんなこと考えてないだろうけど友達は皆そう思ってる。

「ありがとう」

　本条が小さく笑みを浮かべて瑠夏を見た。その眼がちょっと潤んでいた。

「あのね」

「うん」

「私のお父さんなの」

　やっぱりそうだったか。

「なんでお父さんの車のトランクなんかに」

　普通はそんなことしない。たぶん、一生。

「たまたま、昨日の夜に、お父さんが iPhone のロック画面にパスコードを打つのを見ちゃったんだ」

「パスコード」

どんな話になるのか見当もつかない。

「見ようとしたんじゃないの。一緒にテレビのニュース見ててたまたま画面が眼に入るところに私がいて」

「まぁそんなこともあるよね」

そしてお父さんは娘にパスコード見られたって何とも思わないんじゃないか。よっぽど自分のスマホにやましいものがあるなら別だけど。

「それが、０４０８８２だったの」

０４０８８２。

うん？

「それって、初めの方は今日の日付か？」

０４０８。つまり４月８日。

そう訊いたら、頷いた。

「私は、そうだと思ったの」

「最後の８２はなんだろう」

瑠夏が言うと、本条が一度唇をまっすぐにしてから言った。

「年だと思うんだ。１９８２年の８２」

１９８２年。

「じゃあ、誰かの誕生日ってことかな」

1982年4月8日に生まれたのなら、その人は今日、三十五歳になったってことになる。おじさんかおばさんだ。

本条はゆっくり頷いた。

「お父さんの、浮気相手じゃないかって思ったんだ」

「う」

思わず瑠夏と顔を見合わせてしまった。

浮気相手って、もしもそうなら、自分の iPhone のパスコードをその人の誕生日にするなんて、それはもう浮気相手っていうレベルじゃないんじゃないか。マズイんじゃないかそれは。

本条の話をまとめるとこうだ。

本条の誕生日は明日、4月9日。それは知らなかったんで、明日になったら誕生日おめでとうをLINEで送ろうと思う。

僕たちももう十八から十九になるんだから誕生日だからってそんなに嬉しいわけじゃないけど、本条の家では今もちゃんと誕生日のお祝いで家でケーキを作ったりして家族三人で過ごすそうだ。仲の良い家族なんだと思うし、本条もそういうのをちゃんと喜ぶ素直な女の子だったんだね。

それで、昨日、たまたまそのロック解除のパスコードを見た瞬間に、本条の頭の中にポン！　って浮かんできたことがあった。

〈三年前も、二年前も、去年も、お父さんは私の誕生日の前の日には随分遅く帰ってきていた〉

本条のお父さんは、歯医者さんだそうだ。

友達と三人で一緒に歯科医院をやっていて、完全予約のシフト制。だから、残業っていうのはほとんどなくて、ほぼ毎日ちゃんと決まった時間に帰ってくる。お酒もあんまり飲まないし、ゴルフとかそんなのもしない。唯一の趣味は日曜大工で、家で使っているテーブルや椅子も全部手作りなんだって。それはなかなか本格的だと思う。

ちょっと融通は利かないんだけど、真面目で、優しくて、いいお父さん。それが本条美和子のお父さん、本条克紀(かつのり)さんだそうだ。今、四十八歳。

そういう真面目なお父さんが、その前もそうだったかは覚えていないけど、間違いなくこの三年間の4月8日は、必ず遅く帰ってきていた。

そういえば何年か前、つまり三年以上前のその夜。遅く帰ってきたから「どっか行ってたの?」って何気なく訊いたら、言葉を濁したようになったことがあったのを思い出した。そう気づくと、お母さんも毎年のこの日はどことなく雰囲気が違っているような気もしてきた。

「それで、確かめようと、お父さんの後を尾けようと思ったのか」

訊いたら、こくん、って頷いた。

スゴイ行動力だ。

尾けようと思ってお父さんの歯科医院の駐車場で様子を見ていたら、予想よりものすごく早くお父さんが出てきてしまった。どこにも逃げようも隠れようもなくて、どうしようもなくて車のトランクに。

「いや、そこは何で？　車のキーは？」

「あのトランク、壊れてるの。ちょっとコツがあってキーがなくても開くの」

走ってる最中に開くこともあるって言ったけどいやそれ危ないだろう。歯医者さんならお金はあるんだろうから直せばいいのに。その前に車を買い替えればいいのに。

「いくら逃げようがなくても、よく入る気になったね」

「私もびっくりしてる」

だよね。普段大人しい女の子ほどいざというときにはとんでもないことをしでかすってのは、本当にあるのかもね。

でもまぁ。

「そういうことだったのか」

瑠夏と二人で頷き合った。

事情はわかった。きっと父さんも今、話を聞いていてなるほどね、って頷いている。

「それだけで浮気じゃないかって疑うなんて、よっぽど美和子ちゃんの家族は仲が良いんだね」

瑠夏が言って、本条は頷いた。僕もそう思う。そんなんで浮気を疑うのはおかしいんじゃないかって一瞬思ったけど、でも、きっと家族の様子が、いつもと違うのが手に取るようにわかったんじゃないのか本条は。

何かが、違ったんだ。お父さんの態度もお母さんの態度も。

毎年の今日は。

「それで、どうするんだ？」

本条に訊いた。

「事情はわかったけど、お父さんが戻ってきたら訊くのか？　どこ行ってたんだって」

「すばるちゃん！」

瑠夏がちょっと怒った顔をした。

「訊けないでしょそんなの！」

「いや、わかってるよ。わかってるけど」

本条がこの後どうしたいのか。それをちゃんと訊かないと、何もできない。本条が、僕を見た。

「もしも、お父さんが商店街のどこかのお店に入ったんなら、そのレシートを持ってくるんだよね？」

「大抵はね」

例外もある。

「中にはめんどくさいって持ってこないで正規の料金を支払う人もいるし、そもそも商店街の店に行かない人だっている」

一応は〈花咲小路商店街〉の専用駐車場だけど、商店街を利用しない人だって利用していいんだ。ここには商店街以外に個人宅だって会社だっていろいろあるから、そこを訪ねるのに利用する人だっているから。

「いずれにしても、まずはお父さんが帰ってくるのを待たなきゃどうしようもないね」

結局本条は家に帰らせた。お父さんは何時に戻ってくるかわからないし、明日は大学で新入生への説明会がある日なんだって。

本条は言ったんだ。お父さんが何をしているのか、本当に浮気しているのかどうか、内緒で調べたいって。だったら今日できることはひとつしかない。レシートを持ってくることを祈って、まずはそれを確認するんだ。その結果は後で連絡することにした。瑠夏も僕と一緒に残りたがったけど、もしも、本当に何かあったときに、つまり浮気をしていてその証拠を握ろうとこっそり動くことを考えたら、二人とも本条のお父さんに顔を見られるのは後々困るんじゃないかと思って部屋に戻らせた。

「父さん、どう思う?」

運転席に座って訊いてみた。

ラジオがチカッと光った。

『うん』

そう言って、ちょっと考えるみたいに沈黙した。

『子供のカンっていうのは馬鹿にできない。ましてや女の子だったらね』

「そういうものなの」

『父さんはたくさんの子供たちを見てきたんだからな。そういうのは理解しているつもりだよ』

「そっか」

毎年何十人もの生徒と一緒に過ごしてきた、教師だった父さん。

父さんは、その仕事が大好きだったんだ。

僕は知ってる。病室のベッドの上で、もう生徒たちと一緒に毎日を過ごすことができないと悟ったときに、一人で泣いていた父さんを。

『だから、浮気かどうかはわからないけれど、本条さんのお父さんが何らかの秘密を抱えていて、娘に内緒にしているのは間違いないんじゃないかな』

「うん」

　本条のお父さんが戻ってくるのを待つしかない。ハンドルに寄りかかって、外を眺めた。それから腕時計を見た。もう九時を回っていた。本条のお父さんが車を置いてから、三時間以上が過ぎている。

『来たんじゃないか』

　父さんが言った。見回したら、商店街の方からやってくる人影が見えた。そうだ、確かにあの人だ。

　窓を開けて、待った。本条のお父さんがコートのポケットに手を入れて、何か探しながら歩いてくる。きっと受付票を出している。

「お疲れ様です」

　いつものように、営業スマイルをして言ったら、本条のお父さんも軽く頷いて受付票を僕に向かって出した。

「どこかのお店はご利用じゃなかったですか？」

「あぁ、ちょっと待ってくれ」

　今度は財布を出して、そこからレシートを一枚出してきた。

「はい、お預かりします」

〈花の店にらやま〉のレシート。

　花乃子さんのところだ。金額は五千円。何か花束でも作ったんだろうか。と、いうことは、花を持っていくような人に会っていたってことなんじゃないか。

男が男に花っていうのは、まぁ一般的には考えにくいからそれは女性じゃないのか。

これはマジで浮気かも。

レシートにスタンプを捺した。

「はい、じゃあ一時間分は無料になりますから、二時間分で三百五十円になります」

「三百五十円ね」

本条のお父さんは小銭入れから、五百円玉を出してきた。

「あ、お釣りはいいから」

「え？」

そして、僕を見てにっこりした。

「麦屋くん、だよね」

わ、びっくりだ。

「そうです」

「うちの娘は高校で同じクラスだったんだよ。本条美和子っていうんだ」

「あ、そうなんですか?!」

こういういきなりの展開でも慌てないで、本当に驚いた感じの演技をするぐらいの機転は利くんだなこれでも。

僕のことを知ってたのか本条のお父さん。

「じゃあ、仕事頑張って」

「ありがとうございます。車は僕が出しましょうか？」

「いや、大丈夫だよ」

軽く手を上げて、本条のお父さんがクラウンに向かって歩いていった。

本条のお父さん、いい人じゃないか。クラウンのテールランプに向かって、軽くお辞儀をしておいた。お釣りはいいから、なんて言われたのは初めてかもしれない。

『どこのレシートだった？』

父さんが訊いてきた。

「あ、花乃子さんのところ」

『お花を買ったのか』

「そうみたいだね。少なくとも会ったのは女性で間違いないと思わない？」

訊いたら、父さんは少し考えていた。

『もちろん断定はできないけど、その可能性は高いかな。花乃子ちゃんのところはもう閉店してるだろう』

「だね。花乃子さんならきっと覚えているよね。本条のお父さんがどんな花を買ったのか」

『彼女なら覚えているだろうね。調べてあげるつもりなのか？　本当に浮気なのかどうか』

　少し父さんの声の様子が変わった。

「マズイかな？　でも約束しちゃったし」

　父さんが息を吐くのがわかった。魂しかないのにどうやって息を吐けるんだろうって思うけど、でも聞こえるんだ。

『友達のための行動を、悪いこととは言えない。けれども、他人の人生に土足で踏み込むような真似をするってことだっていうのは、理解できるよね？』

　考えた。確かにそうか。他人の家の、家族の問題なんだ。それを僕が調べるっていうのは、確かに本条のお父さんの人生に勝手にかかわるってことだ。

「理解できる」

『大げさに言えば、他人のスマホのロックを勝手に解除して中身を調べるのと同じことだ』

「パソコンをハッキングして、情報を盗むのと同じこと」

『そういうことだね。お前が善人だっていうのは父さんはよくわかってる。それでも、いつも以上に善人になって、よく考えて、誰一人不幸にならないように行動しなきゃならない。できるか？』

「了解」

☆

二丁目の角にある〈花の店にらやま〉は、花乃子さんのお店。ここでずっと花屋さんをやっているけど、実は花乃子さんは〈花咲小路商店街〉ではいちばん美人って言われてるんだ。何年か前に結婚しちゃったからもう人妻なんだけど、花乃子さんの顔を見たくて花を買いに来る独身男性もいまだにものすごく多いって話。

でもそれ以上に花乃子さんの双子の弟の柾さんと柊さんもかなりのイケメンなんだよね。まぁ姉弟なんだから三人とも美形なのは理解できるけれど。

「あれ？　すばるちゃん」

駐車場を弦さんにお願いして開店と同時に店に行ってみたら、店先でめいちゃんが花を整理していた。

「おはよう」

「おはよう！　早いね」

花乃子さんの従妹のめいちゃん。めいちゃんもここで働き始めて二年ぐらい経ったんだっけ。

「ちょっと花乃子さんにお願いがあって」

そう言った途端に花乃子さんが切り花が入ったバケツを抱えてお店から出てき

た。

「あら、すばるちゃん。おはよう」

「おはようございます」

花乃子さんは僕が赤ちゃんの頃から、いや生まれた次の日から僕を知ってるんだ。抱っこして商店街を歩いたこともあるのよー、なんて言われるんだけど、そういう話をされるとこそばゆくてしょうがない。

「花乃子さん、ちょっとお願いがあるんですけど」

「お願い？」

少し首を傾げながらバケツを下に置いて、緑色の前掛けで手を拭きながら花乃子さんが僕を見た。

「何でしょう？」

素直に、本当に素直に言うって決めていた。僕たち商店街で生まれ育った子供たちは知ってるんだ。このめちゃくちゃ美人の、商店街の〈名誉看板娘〉の花乃子さんに嘘なんか通じないって。

「昨日、夜の六時過ぎにお花を買いに来た中年の男性がいるはずなんです。うちの駐車場に車を置いてって」

花乃子さんが、めいちゃんもちょっと考えるような表情をしてから、あぁ、って感じで口が動いた。

「その人、僕の同級生のお父さんなんですよ」

あら、って感じで花乃子さんは頷いた。

「ちょっと事情があって、知りたいんです。その人がどんな花を買っていったのか」

今度は花乃子さんは眉間にちょっとだけシワを寄せて、僕を見た。

「どんな事情かは、言えないの？」

「言えないですけど、悪いことをしようっていうんじゃないんです」

花乃子さんは僕をじっと見てる。前から思っていたけど、花乃子さんの眼ってとてもきれいなんだ。見てると何だかそこにきれいな花が咲くんじゃないかって思うぐらいに。

「誕生日プレゼントの花束だったぜ」

店の中から声が聞こえた。柊さんだ。よっ、って手を上げながら出てきた。

「別に教えてもいいだろ。すばるちゃんなんだし、お客さんがどんな花を買ったかなんて秘密にするような情報でもないじゃん」

花乃子さんも、軽く頷いた。

「そうね。確かにその男性は、誕生日の花束を買っていったわ。〈誕生日おめでとう〉って書いたバースデーカードもつけたから覚えてる」

「ひょっとしてその人、去年も一昨年も買いませんでしたか。誕生日の花束」

柊さんが少し口を尖らせて、めいちゃんは花乃子さんと柊さんの顔を交互に見て、花乃子さんはちょっと驚いた顔をしてから言った。

「本当に、何か事情があるのね」

「そうなんです」

言えないけど、でもきっと花乃子さんも柊さんも察しがついたと思う。同級生のお父さんって言ったんだから、その同級生が、つまりその人の子供が何かを知りたがっているんだって。

「実は、覚えてるわ」

「そうなんですか？」

花乃子さんがニコッと微笑んだ。

「昨日来られたときにふと思い出したのよ。あ、この方は去年も誕生日の花束を買いに来た人だって」

やっぱりか。

「まさか、花を買った後にどこへ行ったかなんてわからないですよね？」

「それはわからないけど」

「あ、わたし、知ってる」

めいちゃんだ。

「たまたまわたしはそのときに店の外にいて、ありがとうございましたー、って何気なく後ろ姿を見てたの。そうしたら、克己（かつみ）さんのところに入っていったよ」

克己さんの店。

三丁目の〈白銀（しろがね）皮革店〉。

本条のお父さん、そこのレシートは出さなかったよな。

克己さんは〈花咲小路商店街〉の商店会会長だ。〈白銀皮革店〉は革製品をたくさん売っていて、オリジナルのものもたくさんある。革製品の修理も受け付けているし、最近は〈轟（とどろき）クリーニング店〉と一緒に革製品のクリーニングも受け付けている。

とにかく、行動力に溢れた熱い人なんだ。アニキって呼ぶのがぴったりくるんじゃないかって思うし、実際けっこうケンカとかも強いらしい。ヤンキーじゃないんだけど、高校生のときに十五、六人の危ない連中を叩きのめしたって伝説もある。まだ三十前なのに会長を任されて、商店街を活性化させるためにすごく頑張ってるんだ。

「よぉ、すばるちゃん」

店に入ると革の独特の匂い。

「おはようございます」

「おはよう。どうしたこんな朝早く」

克己さんにも素直に訊く。昨日の夜に花束を持って、何かを買いに来た中年の男性を覚えてますかって。克己さんはちょっと考えて、僕を見ながら頷いた。

「いたね。財布を買っていったよ」

「財布ですか」

「その」

克己さんがディスプレイの棚を指差した。

「レディースのライトブルーの二つ折りの財布だったな。ほら、床屋の桔平の作った財布だよ」

桔平さんのか。一丁目の〈バーバーひしおか〉の一人息子なのに革製品の職人さんをやってる桔平さん。ずっと外国にいるんだよね。

カワイイ色の財布だ。どう考えても、女性へのプレゼントだよね絶対。

「その人がどうかしたのか？　何か、駐車場でトラブルでもあったか」

克己さんは心配そうな顔をしてくれた。

「いや、違うんです。僕の高校の同級生のお父さんなんですよ」

「あ、そうだったの？」

「それでちょっといろいろあって、そのお父さんが何を買って、どこへ行ったりしたか知りたくて」

克己さんの眼が少し細くなった。

「いろいろあるのか」

「いろいろあるんです」

「内緒で調べてるのか」

ふーん、って言いながら克己さんが腕を組んで僕を見た。

「理由は言えないんだな？」

「言えないんです。友達と約束したので」

そっか、って克己さんは頷いた。

「友達との約束は大切だからな。まぁすばるちゃんが変なことするとは思わんから、北斗に確認してみていいぞ」

「北斗さんに？」

二丁目の〈花の店にらやま〉の向かい側にある〈松宮電子堂〉の北斗さん。克己さんの同級生だ。

「その人が財布を買って店を出た後のことはまったくわからんけど、監視カメラの映像を見たらどっちへ行ったかぐらいはわかるんじゃないか？」

その手があった！

北斗さんは〈松宮電子堂〉の二代目で、ひきこもりになったりしたんだけど、大学に入り直して勉強してるっていう努力の人なんだ。頭は良いし、電器屋さんだからメカのことなら何でも詳しい。

〈花咲小路商店街〉で導入している商店街の監視カメラも管理は北斗さんが全部やってる。

「確認するけどね」

北斗さんが言った。克己さんがＬＩＮＥで説明しておいてくれたんだ。

「犯罪とかじゃないよね？」

「もちろん違いますよ」

夕方になって大学から帰ってきた北斗さんに、〈花咲小路商店会事務室〉で監視カメラの映像を見せてもらう。

一丁目の角にあるここには前は家具屋さんがあったんだけど、倒産してなくなってからは商店会で管理していて、一階にはお祭りに使うものやレンタサイクルの予備なんかが置いてある。二階が事務室になっていて、そこに監視カメラのモニターとかもあるんだ。それも以前には警備会社に委託してたんだけど、今は北斗さんを中心に全部商店会でやってる。

北斗さんがパソコンをいじりながら言った。

「信用してるけどね、すばるちゃん」

「はい」

「もしも、何かあったら、困ったなら、必ず誰かに相談するんだよ。弦さんでも、僕でも克己でもいいし、田沼さんでもいいから」

「わかりました」

父さんもいつも言ってる。

どんな小さなことでも困ったり悩んだりしたのなら誰かにすぐ相談しろって。僕はまだ未成年で、だけどれっきとした〈花咲小路商店会〉の会員の一人なんだ。仕事上で何かヘマをしたり問題があったりしたら皆に迷惑が掛かるかもしれない。そういうことがちゃんとできないと、社会人だなんて言ってられない。

「六時過ぎに、花乃子さんのところだね？」

「そうです」

モニターが四台あって、そこのひとつにその時間の〈花の店にらやま〉が映るカメラの映像が出てきた。

「これかな？」

中年の男の人が歩いて〈花の店にらやま〉に入っていった。

「この人です」

間違いない。この商店街の監視カメラの性能はすごくいいからはっきりわかる。

「じゃあ、時計を進めてって」

本条のお父さんが花束を持って出てきて、それから〈白銀皮革店〉に入っていった。

「さらに進める」

お店を出てきた。そのまま商店街を四丁目に向かって歩いていった。

「カメラを切り替えると」

北斗さんが言った。カメラが切り替わって、正面からの映像になった。

「あ、角を曲がったな」

「曲がりましたね」

四丁目の角にある〈轟クリーニング店〉のところで右に曲がった。

「ちょっと待って。〈ナイト〉の正面にある監視カメラの映像を探す」

北斗さんがパソコンをいじって、画面がまた切り替わった。

「これだ」

本条のお父さんは、花束を持って〈ハイツ花咲〉に入っていった。

☆

『〈ハイツ花咲〉か』

「うん。確か五年か六年ぐらい前にできたところだよね？」

『そうだね。あそこはその前は小さなビルがあったたな。小さな個人事務所とかが入っていたけど』

それがなくなって、アパートができたんだ。

『そこに住んでいる人は、父さんはまったく知らないなぁ』

僕も全然知らない。

「六部屋あったんだ。一応表札を見て名前は控えてきたんだけど、フルネーム書いてあったのは一部屋だけで、後は全部苗字しかなかった」

『そうだろうね』

本条のお父さんがどの部屋に入ったのかは、カメラの死角になってわからなかった。

「奥の四部屋のどれかだとは思うんだけど」

『そうか』

ここから先はどうしたらいいか、考えていたんだ。まさか四部屋全部訊いて回るわけにはいかないし。

『すばる』

「なに？」

『少し気になっていることがあるんだ。本条さんのお父さんだけど、車をうちに入れにきたときには、訊かなかったじゃないか。〈麦屋くんだよね〉って』

「そうだね」

『特に親しげな笑顔を見せたりもしなかったんじゃないか？』

「しなかったよ」

普通だった。

『ということは、その時点ではすばるのことを知らなかった可能性が高いんじゃないのかな。知っていたらそこで訊いたと父さんは思うんだ』

「あ」

そうか。

『だから、本条さんのお父さんは、その行った先で、四部屋のどこかに住んでいる人にすばるのことを聞いたんじゃないのかな？　それまではすばるが娘の同級生だったなんて知らなかった。そしてそれはつまり、本条さんのお父さんが二時間ちょっと一緒に過ごした人は、その女性は、すばるのことを知ってる人ってことになるんじゃないか』

「そうか！」

そういうことになるのか。

『そしてな、すばる』

「うん」

『仮に、本条さんのお父さんがその女性に会っていたとする。その女性はすばるのことを知っていた。通っていた高校も知っているんだろう。そして当然、娘の美和子ちゃんのことも知っていた。だからすばるのことを教えることができた。そして本条さんのお父さんはそれを聞いて、帰りにすばるに挨拶をした。これはどういうことかわかるか？』

どういうことかって。

「そうか」

ラジオがチカチカ点滅した。

『そうだ。本条さんは、浮気なんていう不道徳なことはしていないという可能性が高くなる』

「浮気していたんなら、僕に〈本条美和子の父だよ〉なんてその場で挨拶するはずがない」

『そういうことだ』

じゃあ、どんな関係の人なんだろう。

「美和子ちゃんには、ちゃんと言っておいたから。バカなことはもうしないで連絡を待っててって」

「うん。そうしてほしいな」

シトロエンの運転席に僕が座って、瑠夏が助手席。二人でお弁当を抱えて、いつもの位置に。

今日のお昼ご飯は瑠夏が作ってくれたお弁当。いつも年季の入った曲げわっぱに詰められているんだ。メインはピーマンの肉詰めで、後はポテトサラダにインゲン豆とニンジンと里芋の煮物にだし巻き卵。お漬物と酢のもの。白いご飯にゆかりが振りかけてある。瑠夏も同じもの。隣から持ってきたばかりだからまだ温かい。

二人でフロントウィンドウから外を眺めながらお昼ご飯。天気が良いから車の中は陽射しで暑くなってきて、ドアウィンドウを全開にしている。

こうやって瑠夏と車の中で何かを食べているときには、父さんは沈黙している。話し掛けるとどうしても今食べているお弁当の話になってしまって、そうすると今は何も食べられない身体の自分が悲しくなるんだそうだ。

まぁ、何となくわかるよねその気持ちは。

父さんがこんなふうになってしまったのは、死んじゃったその日。父さんの感覚で言うと、病院のベッドで意識を失ってすぐなんだとか。気づくと、自分がシトロエンになっているのがわかったって。

乗り移っているっていう感覚は自分でもよくわからなかったけど、とにかく自分が自宅に置いてあったシトロエンになっているのがわかった。そんなにびっくりもしなかったそうだよ。死ぬのはわかっていたから、あぁ幽霊になったのかな、幽霊になって自宅に帰ってきたのか、と、思っただけだったって。生きているときからすごく冷静な人だったからね。

父さんが、見えると感じているのは、車のミラーに映った光景だけ。聞こえるのは、ラジオのスピーカーに届く範囲の音。たぶん普通の人と同じ範囲ぐらいの聴覚だろうって。

車体を触られたら、誰かが触れているってことはわかるけど、くすぐったいとか重いとか痛いとかってことはない。でも、生きているときの記憶が何となくそういう感覚を持たせることはあるそうだ。これは、事故や病気で手足を失った人が、まだそこに手足があるみたいに感じるのと同じものじゃないかって。

あ、車の整備は弦さんが定期的にやってくれるんだけど、ガソリンやオイルを入れられると、何か自分が飲み物を飲んでいる気持ちになるって言ってた。タイヤを外したら靴を脱いだ気分になるとか、ワイパーを動かすと顔を洗っている気分になるとか。ライトを点けるとどういうわけか頭を叩かれたような気持ちになるんだそうだよ。それは自分でも全然どういうことかわからないけど、まぁ静電気が走って痛い！　っていうところからの連想なのかなって。

ひょっとしたら、そうやって自分の生きていたときの状態や気持ちに重ね合わせることで、シトロエンに宿ってしまった自分の魂を意識して繋ぎ留めているんじゃないかって言ってる。

でも、父さんができることはほとんどまったくないんだ。

ただ、ラジオのスピーカーを通して話ができるだけ。エンジンを掛けて自分でシトロエンを動かすことはできない。それこそワイパーひとつも動かせない。あ、ライトを点灯させることぐらいはできる。

それでも、僕と、自分の息子と一緒にいられるだけで嬉しいって。

音は聞こえるから、それで自分が生まれ育った町のざわめきもわかる。商店街の知り合いの皆がやってきて僕と話す会話が聞こえて、そしてその姿がミラーにちらっと映るだけで嬉しい。

いつまでこんなふうに過ごしていけるのかはわからないけど、何となく第二の人生を歩んでいるみたいだって。

「ごちそうさまでした」

蓋を閉じて、手を合わせた。美味しかった。お弁当を作ってもらっているので、洗うのは僕の係。

「瑠夏」

「ん？」

「前から思ってたんだけどさ、この曲げわっぱってさ。すごく古いものだと思うんだけど、まさか〈田沼質店〉のその昔の質流れ品とか」

「えー？」

そう言いながら瑠夏が曲げわっぱを持ち上げて見た。

「そんな話は聞いてないけど。でもひょっとしたらそうかも」

瑠夏の家、〈田沼質店〉を営む田沼家に遊びに行くと、めちゃくちゃ古いものがたくさんある。質店じゃなくて骨董（こっとう）品店を開いて営業した方が儲かるんじゃないかなって思うぐらいに。

「そうだとしても昔っから使ってるから大丈夫よ」

「うん」

瑠夏は、料理が上手だ。お祖母ちゃんのサエさんはそういうことに厳しい人で、料理とか裁縫（さいほう）とか、昔の人が仕込まれたことをそのまま瑠夏にも教えたって。

サエさんは、僕の死んだじいちゃん、麦屋史郎（しろう）と仲が良かったんだ。なんだかどうして結婚しなかったんだっていうぐらいに仲が良くて、でもお互いに別の人と結婚して僕と瑠夏のそれぞれの父親が生まれて。

だからなのかどうか、じいちゃんとサエさんは僕と瑠夏を結婚させようって話をしていた。隣同士で幼馴染みなんだからって。大きくなって仲が悪くなっちゃったらどうしようもないけど、幸いというかなんというか、僕と瑠夏は今までずっと仲が良い。

兄妹みたいにして育っちゃったせいもあって、真面目に付き合うとかそんな話はしていないけど、一緒にいるのがすごく楽だし、そんな台詞(せりふ)を言ったこともないけど好きだから、きっとこのまま一緒にいるんだろうなって気はしてる。お互いにね。

「でも、この後、何ができるかなぁ」

瑠夏が言う。

「〈ハイツ花咲〉の人は私も全然知らないし」

「北斗さんも克己さんも知らないって言ってるからなぁ」

あの二人が知らないんだから、きっと商店街の他の人も知らないと思うんだけど。

「仮に誰かが知ってるとしても、全員に訊いて回るわけにもいかないよね。花乃子さんや北斗さん、克己さんはゼッタイ誰にも言わないと思うけど」

「そうだよなぁ」

商店街の人は皆いい人だけど、口が軽い人だっているんだと思うんだ。

「〈宝飯(ほうはん)〉のおばさんとかさ」

言うと、あぁ、って瑠夏が笑った。

「そうかも」

『確かにな』

ラジオがチカチカ光って、父さんが笑いながら言った。

『他の人にはなるべく知られないで、調べた方がいいね』

「どうやったらいいですか？」

瑠夏が父さんに訊いた。父さんは少し考えるみたいに沈黙していた。

『手掛かりは、やはり〈すばるのことを知っていた〉ことだと思うんだ』

「その、浮気相手の女性がだよね」

『そうだ。その〈ハイツ花咲の女性〉がうちの駐車場を利用しているとは思えない。近所に住んでいて〈ハイツ花咲〉には駐車場も付いているんだからね』

「そうだね」

その通りだ。

『だとしたら、すばるがここの経営者で高校を卒業したばかりという事実を、〈ハイツ花咲の女性〉はどこで知ったのか？　考えられることは二つだ』

「二つ」

瑠夏と同時に言って、ラジオに顔を近づけてしまった。

『ひとつは、〈ハイツ花咲の女性〉が〈花咲小路商店街〉のどこかの飲食店の常連である可能性。何故なら、立ち話でそんなすばるについての詳しい話は出ないと思う。飲食店で飲み食いして、店の誰かと親しく話をしてそんな会話があったんじゃないかと推察するんだよ』

なるほど、って僕と瑠夏は頷いた。

「確かにそうだよね。商店街の人なら皆すばるちゃんのことを知ってるし」

『だから、飲食店をひとつひとつ回って〈ハイツ花咲〉に住んでいる女性がよく来るか？　と、訊いてみればわかるかもしれない。ただし、この方法はやっぱり皆に何をしてるのかと疑問を持たれて話が広まってしまうだろうね』

その通りだと思う。

『もうひとつは、〈ハイツ花咲の女性〉が、この一年の間にすばるを知っている人と知り合いになったという可能性を考えることだ』

「僕を知ってる人と知り合いに？」

そうだ、って父さんは続けた。

『事実を整理するんだ。花乃子さんは、本条さんのお父さんが去年も誕生日の花束を買っていた、と、覚えていた。そうだな？』

「そう言ってた」

『花乃子さんの記憶は信用できる。百パーセントね。だからそれは事実なんだ。つまり、言い換えると、本条さんのお父さんは一年に一回しか〈ハイツ花咲〉に来ないという可能性も浮上する』

一年に一回。

「その人の誕生日に？」

『そうだ。本条さんの毎年その日に帰りが遅くなっていたという記憶を考え合わせると、お父さんは一年に一回だけ、誕生日に〈ハイツ花咲の女性〉に会いに来ていたんだろう。それはかなり特別な、あるいは特殊な関係性だね。少なくとも父さんの人生経験でもそんなことをしている恋人同士、もしくは浮気相手というのは、聞いたことがない。まるで映画みたいな話だ』

瑠夏が唇をまっすぐに引き締めながら、思いっきり大きく頷いた。

「確かにそうですね。それって、本当にドラマみたいな」

『そうだね。だから去年の誕生日もおそらく本条さんのお父さんはここに車を置いて、花乃子さんのところで花を買って〈ハイツ花咲の女性〉を訪ねていたはずだ。ひょっとしたら二年前も。けれども、そのときにはすばるに声を掛けなかった。たぶんその事実を知らなかったからだよ。すばるが自分の娘の同級生だってことを。当然のように〈ハイツ花咲の女性〉もその事実を知ってはいなかった』

そうか！

「だから、〈ハイツ花咲の女性〉は、この一年の間に僕のことを知ったんだ、って結論になる！　僕には全然覚えがないから、僕のことをよく知ってる人と最近になって知り合って、そのことを本条のお父さんに教えてあげようと思っていたんだ」

『そういうことだ。あくまでも、推論でしかないけど、かなり正解に近い推論じゃないかと思うんだけどね』

「すばるちゃんのことを知ってて、〈ハイツ花咲〉に住んでいる人と最近知り合った人って」

瑠夏がそう言って考え込んだけど、僕はすぐにピンと来た。

「〈喫茶ナイト〉だ」

もう今はないけど。新しい店に改装中だけど。

〈喫茶ナイト〉は〈ハイツ花咲〉の道路向かいなんだ。その〈ハイツ花咲の女性〉がご飯を食べに行ったり、映画を借りに行ってたりしても全然おかしくない。そして、〈喫茶ナイト〉には」

「こずえちゃん！」

「そう」

こずえ。

内藤こずえ。

僕の小学校中学校の同級生で、〈マンション矢車〉に住んでいて、〈喫茶ナイト〉でバイトしてた。そして、ミケさんがやる予定の新しくなる〈喫茶ナイト〉でもバイトすることになってるんだ。

「こずえと〈ハイツ花咲の女性〉が知り合いになっていても全然おかしくない」

「貴恵さんのこと？」

　ネコみたいな眼をパチパチさせて、こずえが言った。

　すぐに瑠夏がこずえにＬＩＮＥで連絡したら、五時には専門学校から帰ってくるから、シトロエンに寄るよって。こずえもシトロエンには何度も乗ったことあるし、まだ父さんも生きていた頃からよく知ってる。

　それで、訊いたんだ。〈ハイツ花咲〉に住んでる女性を知ってるかって。

「貴恵さんっていうの？」

　繰り返したら、こずえは頷いた。

「石田貴恵さん。〈ハイツ花咲〉の四号室に住んでる」

　思わず瑠夏と顔を見合わせて頷き合ってしまった。

「その人は、何歳ぐらいの人。独身だよね？」

　瑠夏が訊いた。

「独身だね。年は、正確には知らないけどたぶん三十五歳とか、それぐらいの人」

「こずえ、その貴恵さんに僕のことを話さなかった？　高校は違うけど小学校と中学校のときの同級生で、ここの駐車場をやってるんだって」

　まだきょとんとした顔をしながらこずえは頷いた。

「話したよ。たぶん。商店街の話をいろいろしているときに、実は専用駐車場もあるし、そこは私の同級生がやってるんだよって。名前はすばるだよって」

「どこの高校かも話した？」

瑠夏が確認したら、頷いた。

「たぶん。言ったと思う」

ビンゴだ。

ゼッタイ間違いない。

「何を企んでるの？　二人して」

今度は眼を細めて、こずえは言った。

「企んでなんかいないよ」

瑠夏がそう言って、がしっ！　とこずえの手を握った。

「私たちを信じて」

言ったら、こずえも握り返して、うん、ってわざと大げさに頷いた。

どっちかって言えばクールっぽい感じのこずえと、男前である瑠夏は、昔からけっこういいコンビなんだ。高校は別になったから普段はあんまり遊ばなくなったらしいけど、ほぼ毎日ＬＩＮＥとかでは話してるって瑠夏は言ってた。

「ひょっとしてナイトで知り合ったの？」

瑠夏が訊いたらこずえはそうだよ、って頷いた。全部正解だった。やっぱり父さんはスゴイ。

「その人を、紹介してほしいの」

「紹介？」

「変なことをしようっていうんじゃないの。私の友達が泣くほど悩んでいるのを何とか救ってあげたいの」

「救う？　友達？」

こずえが僕を見るので、瑠夏が言いたいことを引き取って続けた。

「その貴恵さんに話を聞ければ、その友達の悩みを解決する糸口が摑める、いや結論が見えるかもしれないんだ」

もう高校生じゃなくて社会人なんだからって、瑠夏と二人でお金を出し合って〈八百平(やおひら)〉でオレンジとマンゴーのフルーツ詰め合わせを買った。僕はもちろんだけど、瑠夏もちゃんと家業の質屋の仕事をして稼いだお金だ。けっこう高かったんだけど、それぐらいはしなきゃいけないんじゃないかって。

前に父さんに聞いたことがある。まったく見知らぬ他人に誠意を示す方法としてお金を使うことがあるって。もし駐車場でトラブルとかあって、自分が謝らなきゃならないときにどうするかって話をしたときだ。

お金を使うって嫌らしく聞こえるかもしれないけど、それはきちんとした形を示すってことだから決して嫌らしいものじゃない。むしろ、社会人として必要なことだって。今回はトラブルじゃないけれど、本当に見知らぬ他人の女性にいきなり失礼なことを訊きに行くんだ。それぐらいしなきゃって。

だから、ご近所さんなんだけど、僕はまだ一着しか持ってないスーツを着たし、瑠夏は買ったばかりの春の淡いブルーのワンピースを着た。冠婚葬祭用にお祖母ちゃんのサエさんに貰ったパールのネックレスもしてきた。

ものすごく、きちんとした恰好をして、石田貴恵さんの部屋のドアホンを鳴らしたんだ。午後七時三十分。石田貴恵さんが仕事から帰ってきて晩ご飯も済ませた頃。

あの後、こずえから貴恵さんに連絡を取ってもらった。

貴恵さんはバスでちょっと行ったところにある精密機器を作っている工場で働いているんだ。工場だけど貴恵さんは事務職で、ずっと机の前で仕事してるからメールするとすぐに返事をくれるって。ＬＩＮＥなんかはやってないらしい。

実は貴恵さん、かなりの映画好きらしい。

引っ越ししてきてしばらくしてから、眼の前にある何か怪しげな〈喫茶ナイト〉が実は映画レンタルをやっていて、しかもとんでもない品揃えであることを知って、休みの前の日の夜には必ず借りに来ていたらしい。

それで、こずえとも知り合った。こずえもすっごい映画好きだから話が合って、普段からメールでいろいろ映画の情報交換していたらしい。

〈喫茶ナイト〉は新しい店になるけど、映画のレンタルは続けるらしいから貴恵さんもホッとしているんじゃないだろうか。

「じゃ、いいね」

こずえが言うので僕と瑠夏は頷いた。

「押します」

ピンポン、と、ドアホンが鳴る。

〈はーい〉って中から声が聞こえてきて、ドアがゆっくりと開いた。中で笑顔で迎えてくれたのは。

「いらっしゃい」

「お邪魔します」

貴恵さんとこずえの会話だ。僕と瑠夏はこずえの後ろで思いっきり丁寧に頭を下げた。

「夜分に失礼します！」

こずえには、あまり広めたくない話だから瑠夏と二人で行くって言ったんだけど、それじゃあ私の気が済まないって。それに貴恵さんと僕らは全然知らない同士なんだから、私が間にいた方がいろいろあったときに便利でしょって。

それもまぁそうかと思って、一緒に来たんだ。こずえなら口は堅いし信頼できる。

貴恵さんは、普通の女性だった。

本当に普通の、その表現は申し訳ないけど、おばさん。背は低くもなく高くもなく、太ってもいないし痩せ過ぎてもいない。何か特徴はって訊かれたら、うーんって唸ってしまうような本当に普通のおばさん。顔も、本当に申し訳ないけど悪くもないし美人でもない。

強いていえば肩ぐらいまでの髪の毛がすごくくるくるしていて、これは天パーっぽい感じでそれはちょっとカワイイっぽいかなって。

でも、真面目そうな人だ。どこか何となく陰があるって言うか、大人しそうな雰囲気はあるけれど、妻子ある男性と不倫をしているような人には全然見えない。

部屋の中も、何ていうか、普通だ。キッチンと居間ともう一部屋。〈ハイツ花咲〉は一人暮らしの人のアパートなんだなって初めて知った。二人でも住めるだろうけど、ちょっと狭いと思う。

居間に置いてあったローテーブルの前で正座して、僕と瑠夏は突然申し訳ありませんでしたって挨拶して、お土産のフルーツを渡して。

貴恵さんはびっくりしていた。そんな気を遣うことなんか全然しなくてよかったのにって。じゃあ、せっかくの頂き物だから皆で食べましょうって、キッチンに持っていって手際良くフルーツを切って、持ってきてくれて。

「おもたせですけど」

「すみません」

〈八百平〉は普通の八百屋さんだけど、品物はすごくいいって評判なんだ。〈花咲小路商店街〉で飲食店をやっている人は、野菜や果物はほぼ全員〈八百平〉で買ってる。果物を食べるのにコーヒーや日本茶は合わないわよね、って貴恵さんは言って紅茶を出してくれた。

　そこで気づいたけど、貴恵さんはティーバッグを使わないで、ちゃんとしたティーサーバーを使って紅茶を淹れていた。部屋にあるこのローテーブルとか茶簞笥とかはすごく地味って言うか普通なんだけど、食器はきっとすごく良いものだ。

　僕がうっかりそういう目線でじろじろ見ていたのに、貴恵さんは気づいたのかもしれない。少し微笑んで僕を見た。

「何だかこんなおばさんに似合わないものを使ってるって思った？」

「あ、いや」

　そんなことはないんだけど。ちょっと慌ててしまったんだけど、貴恵さんはまた優しく微笑んで小さく首を横に振った。

「これはね、本条克紀さん。美和子さんのお父さんが買ってきてくれたものなの。誕生日のプレゼントにね」

　本条克紀さん。

　びっくりして瑠夏と顔を見合わせてしまった。それを見て、貴恵さんは小さく頷いた。

「ごめんね。すぐにわかったの。こずえちゃんから、すばるくんがちょっといろいろ話を聞きたいって言ってるんだけどって聞いたときに」

「わかった？」

こくん、って頭を動かして貴恵さんは微笑んだ。

「あぁ、これは本条さんのことを訊きに来たんだな。ひょっとして美和子さんが何か言ってきたのかなって」

「そうなんです！」

瑠夏が言ってから、あ、って慌てて口を塞いだ。瑠夏は男前だけどちょっとうっかりしているところもある。

僕は、ゆっくり大きく頷いた。父さんに言われている。ちゃんとした大人と話すときには、自分もちゃんとするんだって。それは動き方も話し方も、ゆっくり意識しながらやることだって。

「何も隠すつもりはないんです」

まず、そう言った。全部正直に言う。

「貴恵さんの誕生日です。その日に、本条さんはここに来たと思うんですけど、それは間違いないですよね？」

はい、って貴恵さんは頷いた。

「その車には、僕たちの同級生だった本条さんの娘の、美和子が乗っていたんです。

トランクに隠れて」

「トランクに?!」

それはまったく予想していなかったんだろうな。貴恵さんはびっくりして口に手を当てて、こずえも眼を丸くしていた。

「何で？」

こずえだ。

最初から説明した。

美和子がたまたまiPhoneのパスコードを見た。そのときに気づいた。自分の誕生日の前の日にいつもお父さんが遅くなること。それを、浮気しているんじゃないかって疑ったこと。確かめようとして、いろいろ慌ててトランクの中に入ってそのまま乗せられて来てしまったこと。

駐車場で僕に見つかって、そして僕が調べるからって約束したこと。それから、どうやって石田貴恵さんだと気づいたかも。

もちろん、父さんが教えてくれたことは内緒にして、全部僕が考えたことにした。何だか僕が随分頭が回るみたいなことになっちゃうけど、それはしょうがない。

貴恵さんは、また驚いていた。

「すごいのね、すばるくん。そんなふうに推理できるなんて。あ、すばるくんって呼んじゃったけど」

「いいです。皆、名前を呼ぶんで」

麦屋くんなんて呼ばれることはほとんどない。

「それで、確かめに来たんです」

瑠夏に合図して、二人で背筋を伸ばして頭を下げた。

「プライベートなことを探るようなことをして、ごめんなさい」

ううん、って貴恵さんは首を横に振った。

「私の方こそ、ごめんなさいね。若い皆に迷惑を掛けちゃって」

それから、一度溜息をついた。

「美和子さんにも、不安にさせちゃって申し訳なかったわ。いつか話すときが来るだろうって、本条さんは言っていたんだけど」

話すとき。

貴恵さんは、一度唇をまっすぐにして、僕たちを見た。

「これは、本当なら美和子さんに真っ先に、本条さんから話さなきゃならなかったことなの。それを、あなたたちに先に話しちゃうことになるけど」

「ゼッタイに」

瑠夏が少し強い声で真面目な顔をして言った。

「誰にも言いません。美和子ちゃん以外には。私は〈カーポート・ウィート〉の隣の〈田沼質店〉の娘なんです」

貴恵さんが頷いた。こずえから聞いて知ってたんだろうな。

「質屋の絶対条件は秘密を守ることです。たとえ神様に地獄に落とされたって、秘密を守り抜きます」

グッ！　と、握り拳で瑠夏が言った。いや、そんなに力を入れなくたっていいと思うんだけど。

貴恵さんも真面目な顔で頷いたけど、すぐに少し笑った。

「そんなに大層な秘密でもないのよ。あのね」

「はい」

「本条克紀さんと私は、兄妹なの」

「兄妹?!」

え？

「腹違いのね。つまり、父親が一緒で、母親が違うのよ」

本条のお父さんと貴恵さんの父親、つまり美和子にしたらお祖父ちゃんだ。その人は、本条のお父さんがまだ小さい頃、幼稚園の頃に、違う女性のもとに走ったらしい。早い話が妻と子供を捨てて、それこそ浮気相手と一緒になった。

「それが、私の母親」

貴恵さんが僕たちを見回した。小説ではよくある話だ。それこそ陳腐(ちんぷ)じゃないかってぐらいに、ずっと昔からあるような人生模様だ。

でも、実際にそういう関係にある人に、僕は初めて出会ったかもしれない。

「でも、それを、私も本条さんも、お互いを知ったのはほんの五年ほど前なの」

「五年前」

思わず繰り返しちゃったら、貴恵さんも頷いた。

「もちろん、知ってはいたのよ。私の父が再婚だっていうのは。でも、本条さんという兄がいることや、父が本条さんという息子さんと奥さんを捨てて、私の母と結婚したなんていう細かなことは知らなかったの。前の奥さんがどこかにいる、ということだけ。それが」

貴恵さんは、少し眼を伏せた。

「私の夫がね。もう離婚はしたんだけど、服役中なの」

服役。

それは、犯罪者になったってことだ。

「細かなことは、あなたたちが知ってもためにならないことだから話さないけど、とにかく私はろくでもない男に引っ掛かって、負債を背負わされて、生まれた町から逃げ出して、一人でこうして借金を返しながらひそやかに暮らしているの。それをね、父が死ぬ間際にね、本条さんを捜し出して、伝えたらしいの」

お前を捨てておいて今更言えた義理ではないけど、腹違いの妹、貴恵さんが同じ町に住み始めた。こういう事情を抱えたもう親類縁者もほとんどいない可哀相な娘だ。もしも、もしも、憐れと思うなら一度でも会ってやってくれないか。

貴恵さんのお父さん、そして本条さんのお父さんは、そう言ったそうだ。

僕も瑠夏もこずえも、何も言えなかった。ただ頷くことしかできなかった。

「お父さんは」

瑠夏だ。

「もう亡くなられたんですね？」

訊いたら、貴恵さんは頷いた。

「最期に、本条さんに会えて良かったって言っていたわ。本条さんもね、長い時間が経ってしまって捨てられた恨みも何もかも消えてしまっていたって。最期の別れができて良かったって言ってくれたわ。そして」

少し、微笑んだ。

「私のことを、会えたことを喜んでくれたわ。腹違いだろうと、血を分けた兄妹なんだからって」

そういうものなんだろうか。こずえも瑠夏もちょっと眼が潤んでいた。

「それで、本条さんは、貴恵さんに会いに来ていたんですね。誕生日に」

「そう」

貴恵さんが僕を見た。

「優しい人よ。苦労している私を経済的にも助けてくれようとしたんだけど、私は断ったの。いくら血を分けた兄妹でも、そんな迷惑は掛けられない。犯罪者と結婚した女が身内にいるなんて、本条さんのご家族にも知られない方がいい。そもそも父が本条さんに言わなければかかわることなんかそのままなかったんだから」

小さく息を吐いて、貴恵さんがそう言った。唇を一度引き結んだ。

「一生懸命働けば、女一人でも生きていける。大丈夫だから、お気持ちだけいただいておきますって。そうしたらね、本条さん。兄はね」

せめて、誕生日を祝おうって言ったんだ。本条のお父さんは。

「もしも、もしも普通の兄妹として過ごしていたのなら、誕生日を祝ったはずだって。だから、その日にプレゼントを持ってくるから、一緒にご飯を食べようって」

貴恵さんは、少し嬉しそうに微笑んだ。

それが。

「そのプレゼントが、食器や財布だったんですね」

「そうね。そして、お花も」

そう、気づいていた。

きれいな花束が花瓶に飾られていたんだ。これは、花乃子さんが、めいちゃんかもしれないけど、作った花束なんだ。

一年に一回だけ会う兄妹。二人で、ひっそりと誕生日のお祝いをしているんだ。

「すばるちゃんの話も」

こずえが言うと、そうそう、って貴恵さんは嬉しそうにした。

「本条さんもびっくりしていたわ。そこの駐車場は何回か使っていて、若い男の子がいるからてっきりアルバイトだと思っていたって」

そういうことだったんだ。

『そうか』

そうか、って父さんは繰り返した。ラジオが何回もチカチカ点滅した。あんまり気にしてなかったけど、父さんの感情がこのチカチカ点滅に表われているような気がする。

『まさか、そんな事情だったとはな。驚いたろう』

「少し」

「びっくりしました」

瑠夏が言って、溜息をついた。

「おじさん」

『うん?』

「私の家にもね、事情を抱えた人が山ほど来てますよね」

『そうだな』

質屋をやっている瑠夏の家。〈田沼質店〉。

「質屋って、事情は訊かないんです。向こうが話さない限り、何も訊かないでただ質草の鑑定をして、いくらなら貸せるかを言うだけ。それでホッとした顔をして帰る人もいれば、すごく残念そうに帰っていく人もいるんです。その人が本当に困っていて、いい人っぽかったら何とかしてやりたいって思っても、質屋には何にもできないんです」

『うん』

そういう商売なんだ。僕も小さい頃から出入りしているからよく知ってるけど。質屋は品物を預かって、それに見合うお金を貸してあげる。

「でも」

瑠夏が続けた。

「こうやって、事情を深く聞けても、何にもできないことってやっぱりあるんですね」

そう言って、ちょっとシュンとしてしまった。

『そうだね』

父さんが、微笑んで瑠夏の頭をポンポン、って小さく叩いてから撫でているような気がした。小さい頃によくそうしていたように。

『でも、何にもできなかったなんてことはないさ。瑠夏ちゃんもすばるも、美和子ちゃんのために一生懸命動いた。きっと、美和子ちゃんも感謝するさ』

「本条のお父さんは、怒るかな」

貴恵さんに言われたんだ。このことは、自分が本条さんに、美和子のお父さんに連絡するって。

だから僕から本条には、詳しい話をしない方がいい。そうしてほしい。やっぱり親子の、家族の間の話なんだからって。

瑠夏もこずえも僕も納得して、その場で連絡したんだ。貴恵さんから本条さんにメールした。そして、瑠夏から本条にＬＩＮＥした。

ひょっとしたら、今頃本条は何もかもお父さんから聞いていると思う。

『怒りはしないと思うよ。本条さんのお父さんも、ちゃんと話をした方がいいって思っていたはずだ。たぶん、近々話そうと思っていたんじゃないかな』

「どうして？」

父さんが、うん、って言った。

『前にも言ったことさ。本条さんのお父さんはすばるに〈同級生の父親だよ〉って教えたんだ。それはつまり、ここに来ていることは本条さんには言っていなかったけど、秘密にするつもりもなかったってことだ。むしろ、貴恵さんにすばるの話を聞いて、いいきっかけかもしれないって思っていたのかもな』

「きっかけ」

『娘の同級生が、自分の妹と同じ町内で、商店街で暮らしているとわかったことがさ。何もかもを教えるいいきっかけだって、父さんが本条さんのお父さんの立場だったらそう思うな』

☆

〈カーポート・ウィート〉の営業は午後十時まで。たまに朝まで預かる車があることもあるけど、今日はなかった。

最後の車が、それはダットサンのピックアップトラックなんだけど、色が青でものすごくボロボロなんだ。あちこちサビがあるし、荷台のところなんか穴が開いたりしてる。

ゼッタイに手入れなんかしてないし、そもそもよく走ってるな、ってぐらいの車。タイヤの溝もほとんどない。事故らないかこっちが心配になるぐらい。

たまに、来る車なんだ。

運転手さんは、中年の男性。何をやってるかまったくわからない人。とりあえず普通のサラリーマンじゃないことは確実。

だって、髪はボサボサだし、ヒゲも伸び放題になっていることもあったし、何よりも服装もひどい。穴が開いたジャージとか着てて、ホームレスの人の方がまだちゃんとした恰好をしてるんじゃないかって思うぐらいの。

その人が、今日も最後だった。いつもそうなんだ。車を置きに来たら、最後まで置いておく。

そして。

「父さん」

『うん？』

「今の人ね」

『うん』

「たまに来る人なんだけど、いつも〈南龍(なんりゅう)〉さんのレシートを持ってくるんだ」

『ラーメンを食べに来る人なのか』

そう、三丁目の〈南龍〉さんは醤油ラーメンの美味しいラーメン屋さんだ。

「今までは全然気にしてなかったんだけど」

本条のお父さんの話を聞いたせいかな。何か、気になってしまった。

『どうした』

「レシートの金額が、いつも三千円以上なんだ」

〈花咲小路商店街〉のお店で三千円以上のお買い物をすると、二時間まで駐車料金はタダになる。だから、いつもあの人は駐車料金は払わないで帰る。

『三千円以上か』

〈南龍〉さんのラーメンは高くても六百円ぐらいだ。

「一人で五杯も食べているのかな?」

父さんが、うーん、って唸って、ラジオがチカチカ光った。

# 四　ラーメン五杯の男の人とピンクのお弁当屋

趣味は読書、ってはっきりと言える。

スポーツがキライなわけじゃないしどんな競技でもそれなりにこなせるんだけど、外で身体を動かすより、こうやって部屋の中で椅子やソファに座って本を読んでいるのがいちばん好きだ。

映画やドラマを観るのもマンガを読むのも好きだけど、やっぱり小説がいいんだ。物語が好きなのはもちろんだけど、きっと僕は文字を読むこと自体が好きなんだと思う。やたら分厚いトリセツとか読むのも全然苦痛じゃないから。苦痛なのは、ひどい文章を読んだときだけ。あれは犯罪じゃないかってぐらいに思ってしまう。

電子書籍も、iPad とか Kindle とか買って読んでみるのもいいなぁって思うんだけど、本体を買うお金があったら古本とかで本を買った方がいいような気がしてる。たくさんお金が儲かったら買うかもしれないけど、ここの駐車場でそんなに儲かることなんかない、と、思う。使っている iPhone でも電子書籍は読めるんだけど、どうもこのサイズじゃ物語を読んだ気になれない。

（あ、いい風だ）

気持ちいい風がシトロエンの中を通り抜けた。この辺は午前中は北側からの風が多いんだ。反対に夜になると南側からの風になることが多くて、そうすると商店街からのいろんな匂いが漂ってくる。

住み処にしているシトロエンの欠点は、クーラーがないこと。

取り付けようと思えば付けられるんだけど、そうするとエンジンをずっと掛けていなきゃならないから地球環境にもお財布にもよくない。だから、全部の窓とドアを開けっ放しにして、扇風機を回して過ごすんだ。

五月はまだ普通の家ではクーラーを入れるには早いだろうけど、ただの鉄板がボディのシトロエンは直射日光を浴びるとそりゃもうものすごく暑くなる。なので、晴れた日にはもうすべて全開。扇風機もガンガン回すんだ。夏になると、商店街じゃないけど近くに氷屋さんがあるので、そこから板氷を買うんだ。昔の人の知恵だけど、板氷をたらいに入れて置くと、車の中ぐらいの狭い空間だとけっこう気持ちいいんだよね。氷が融けた後のたらいの水はそのまま洗車にも打ち水にも使えるから一石二鳥。

そういう扇風機とかたらいとか、その季節にしか使わないものは全部弦さんの家に置いてもらっている。

「父さん」

読んでいた本を閉じて父さんを呼んだ。ラジオのチューニングするところがチカッと光った。

『なんだい』

「弦さんって、もう七十近いんだよね」

『そうだね。確か今年で六十八歳だったかな』

「まだまだ元気なのは知ってるけどさ」

弦さんの趣味は身体を鍛えることだ。今も毎日八キロぐらい走っているし、家にはバーベルとかあって、その年でまだ僕なんかをひょいと軽く持ち上げたりする。見た目はもうおじいちゃんにしか見えないんだけど、脱いだらけっこうスゴイんだ。

「でも、もしものことがあったらさ。弦さんには身内が誰もいないんだよね？」

うん、って、聞こえないけど父さんがラジオの向こうで頷いているのがわかる。

『弦さんは独身だったしな』

両親も兄弟もいない。そして親も一人っ子だったので親戚もいない。捜せばたとえば親のいとことか血が繋がっている人はいるんだろうけどまったくわからないって。

「縁起でもないけど死んじゃったら、僕がちゃんとしてあげなきゃならないんだよね」

『そうだな』

ちょっと間を置いて父さんが続けた。

『そんな話の本を読んでいたのか？』

「リチャード・ブローティガンの『アメリカの鱒釣り』。そんな話じゃないけど、ふと思っちゃって」

たぶん脳内連想ゲームだ。鱒釣り↓釣りは一人↓孤独↓川で死んだら困るな↓家族は大変だ↓僕は一人だしな↓そこでふと弦さんの家を見てしまった↓弦さんも一人だなっていう思考の流れ。

「学校に行かなくていいっていうのは、毎日いろんなことを考えるようになるなぁってふと思った」

『なるほど』

「僕は会社にも行かないしね」

ひょっとしたら普通の会社に入っていたら仕事を覚えたり生活に慣れたりするのに毎日大変で、そんなことは考えられないのかもしれないけど。

『それは、そうかもしれないな。父さんもこんなふうになってからいろいろ考えることが増えた』

「だよね。それしかできないんだもんね」

『その通りだ』

そう言って、そうだな、って父さんは続けた。

『まぁお前も社会人になったことだし、弦さんとはいろいろ話しておくよ。そんなようなことを』

「うん」

いくらただ待っているだけの駐車場っていう商売でも休憩は必要だし、たとえば買い物とか日常の細々した用事で出かけたいときはある。そんなとき、一時間か二時間ぐらいの休憩時間は、いつも弦さんが交代してくれる。弦さんは基本とても無口だけど、交代でここに座るときに父さんとはよく話をするんだ。

チカチカまたラジオが光った。何か言うのかと思ったけどそのまま沈黙が続いた。

「何かあった？」

訊いたら、またチカッと光る。

『そういう話をすると、お前には申し訳ないことをしたと思ってしまってね』

「あぁ」

それか。

「別にその話をしようと思ったわけじゃないよ」

『わかっている。しかし、父親としては、心苦しくてね。いや心残りと言うべきかな』

「いいってば」

そう、僕も一人だ。

父さんは死んじゃっている。じいちゃんもばあちゃんもとっくに。

そして、母さんもいない。

生きているとは思うんだけど、いない。僕は母さんの顔を知らないし、写真も残っていない。物心ついたときから母さんはいなかったけど、特に淋しいとか辛いとかそんなのを感じたことはなかったんだ。

瑠夏のお母さんの智佐絵（ちさえ）さんや、お祖母ちゃんのサエさんはいつも僕に優しくて、そしてときには厳しく、お母さん代わりやお祖母ちゃん代わりをしてくれた。

父さんと母さんは僕が生まれてすぐに離婚したって聞かされていた。理由は、理解できるような年になったらちゃんと話すって言われて。

そして、どうして母さんがいないかを父さんが教えてくれたのは、じいちゃんが死んだときだ。そのときにはもう身体の調子が悪くなっていた父さんは、それまで僕に黙っていたことを全部話してくれた。

母さんは、僕が生まれてすぐに別の男とどこかへ行ってしまったこと。

離婚届を書いて置いて行ったので、それを父さんが役所に出したこと。

相手は誰なのか、どこへ行ったのか、何をやっているのかも、何もかもまるでわからない。十何年間もまったく音信不通であること。

ひょっとしたら死んでしまっているのかもしれないけど、それさえもわからない。

そういうことなんだ。

聞かされたときの僕の感想は〈なんてまぁ〉って感じだった。

その頃の僕はもうものすごい読書家になっていたから、小説のような事実は本当にあるものなんだなって思っただけ。我ながら冷静というか、冷たいというか、泣いたり怒ったりすることもなかった。

そして母さんを恨んだりとかもなかった。そもそも会ったこともないから顔も浮かばない。人間は誰かを恨んだりするのにはその誰かの顔や容姿がわからないとどうしようもないってことがよくわかった。

ただ、そういうことなのかぁ、って思っただけ。

たぶん、じいちゃんと父さんと、そして瑠夏や田沼さん一家との暮らしが楽しかったからだと思う。

僕は生まれてからずっと、周りの皆から大切に育てられて、幸せを貰っていたからだと思うんだ。母さんがいなくて不便だとか淋しいとか思ったこともほとんどまったくなかった。

すごく感謝してる。

瑠夏のお祖母ちゃんのサエさんが教えてくれたところによると、母さんは背が高くてうりざね顔でやせ形でそこそこの美人だけど、何を考えているのかわからないところがあったって。父さんと知り合ったのは、父さんが勤めていた学校で、校内事務員をやっていたからだそうだ。結婚してすぐに僕を産んだから、ここで暮らしたのはほんの一年ぐらい。商店街の人も実はほとんど母さんのことをよく知らない。

母さんは両親との折り合いが悪くて若い頃から家を出ていて、父さんと結婚式を挙げたときも、親族の出席者は一人もいなかったって。それが今になってものすごく淋しく感じるって、結婚したときに言っていたのをよく覚えているってサエさんは言っていた。子供を捨てて行くようなひどい女だけど、心底悪い女じゃないだろうからそれだけは覚えておいてやりなさいって。

僕が母さんについて知っているのはそれぐらい。

産んでくれたことには感謝してるけど、もしもこの先の人生で会うことがあったなら、ひとつだけ訊こうと思ってる。

愛情がなくなるって、どういうことなのかなって。

少なくとも父さんと愛しあって結婚して僕を産んだはずなのに、父さんも僕も置いて消えてしまったのは、他の男の人といなくなってしまったのは、父さんにも僕にも愛情がなくなったってことのはずだ。

それは、どういうことなのか、そういう経験のない僕にはわからないから。

十二時からのお昼時には毎日ちょっとだけ車の出入りが多くなる。営業車で回っているようなサラリーマンの人たちが、商店街のお気に入りの店に昼ご飯を食べにやってくるんだ。大抵は一時過ぎには皆が車を出すので、僕がそろそろお昼ご飯を食べようかなって思うのはいつも一時半過ぎぐらい。

今日もそろそろって思っていたら、ラジオがチカッと光った。

『すばる。ミケさんが来たよ』

「ミケさん？」

サイドミラーは〈花咲小路商店街〉の方向に向いている。そっちから歩いてくる人を最初に見つけるのはいつも父さんなんだ。

ドアから外を眺めたら、ミケさんが僕に向かって笑顔で軽く手を振った。

「すばるくん、こんにちは」

「こんにちは」

ミケさんは、本名は三家(みつや)あきらさんっていうんだ。珍しい苗字なんだけど、それであだ名でミケって小さい頃から呼ばれていたんだって。

昔からの商店街の人じゃないんだけど、僕らが中学生ぐらいの頃からここに住みだして、一丁目の〈和食処あかさか〉の前で路上ライブもやっていた。美人だし歌は上手だったし、それに〈和食処あかさか〉の淳ちゃん刑事さんと恋人になったってことで、ちょっとした有名人なんだ。

ミケさんは淳ちゃん刑事さんと近々結婚する予定なんだけど、そうすると三家あきらから赤坂あきらになってしまって、それでも〈ミケさん〉って呼んでいいのかしらって、この間瑠夏が言ってたけど、確かにそうだ。

「あのね」

「はい」

「今日の夕方に知り合いが車で来るの。たぶん五時ぐらい。一晩泊まっていくから、一台お泊まりお願いできる？」

「了解です」

「これ、名前とナンバーね。明日の夕方ぐらいには出す予定だから」

商店街の店には駐車場がないところも多いんだ。あっても自分の家の車一台しか置けないのがほとんどだから、親戚とか友達が車で来て泊まっていく場合にはうちに置いておくことが多い。その場合は、営業時間外はもちろん無料。営業時間内も、三十パーセント引き。

どうしてそうなったのかよく知らないけど、ミケさんは三丁目の〈喫茶ナイト〉を仁太さんから受け継ぐことになって、今は改装中だ。

二階は淳ちゃん刑事さんとの新居にするのでそこも一緒に改装中なんだけど、お金がないからミケさんと淳ちゃん刑事さんの二人でデザインと工事をやってるらしい。淳ちゃん刑事さんは忙しいので実質はミケさんがほとんど一人でやっているんだけど、ミケさんは美術とか工芸とかとにかく作るものは何でもオッケーな人らしくて、椅子や棚なんかも一人で作れるらしい。あ、こずえもペンキ塗りとかいろいろ手伝ってるって話していた。

よろしくね、って言った後にミケさんがちらっと車の中を見た。

「お昼を食べに行くついでに寄ったんだけど、今日のお昼は瑠夏ちゃんとお弁当じゃないのね？」

「あ、今日はどっかに食べに行くか、お弁当を買うかです」

　瑠夏は今日はいない。質屋さんの集まりの研修会で東京に行ってるんだ。

「お弁当って、そこの？」

　ミケさんが道路を挟んで向かいのお弁当屋さんを指差した。〈花咲小路商店街〉の店じゃないんだけど、近くだから〈花咲小路商店会〉には最近準加盟したんだ。個人経営の美味しいお弁当屋さん〈まるいち弁当〉さん。薄いピンクの看板が目印になってる。

「美味しいですからね」

　うん、ってミケさんが頷いた。開店したのはほんの一年ぐらい前なんだけど、本当に美味しいんだ。

「買いに行く？　私も一度あそこで買ってみようかなって思っていたんだけど」

「あ、いいですよ。一緒に行きましょうか」

　ちょっとお昼を買いに行くって弦さんに声を掛けてから、ミケさんと二人で歩道を歩き出した。道路を挟んで向かいだから向こうの交差点まで歩いて、信号待ち。

「初めてかもしれないね」

「何がですか？」

「すばるくんと二人で並んで歩くの」

「あ、そうかも、ですね」

瑠夏はミケさんの歌声が好きでよく聴いていたんだ。それに付き合って僕も一緒に聴いていた。〈喫茶ナイト〉を受け継ぐことになってからは忙しいので路上ライブはお休みしてるんだけど、お店でライブをできるようにするかもしれないって、こずえは言ってた。

「何が美味しいのかな」

「何でも美味しいですよ。僕はチキン南蛮弁当と野菜サラダにします」

ミケさんはカウンターで少し悩んで、たっぷり野菜と五目ご飯弁当にしていた。お客さんは他にいなかったからすぐにできあがると思う。

ここのお弁当屋さんは、大抵は三人ぐらいのおばさんたちでやってる。みんな薄いピンクのエプロンに帽子。マスクは普通の白なんだけどそこもピンクにしちゃえばいいのにっていつも思う。

ミケさんが、カウンターの奥の厨房を興味深げに見ていたので、僕も何となく見ていた。

「そういえば、新しいお店では料理を出すんですか?」

〈喫茶ナイト〉は仁太さんだけの頃はほとんど何も料理を出していなかったけど、望さんが来てからは美味しい晩ご飯を出していた。いろいろとお店を見て回るのは参考になるだろうから、それで厨房の中も見てるのかなって思ったけど。

「考えてはいるんだけど、商店街には美味しい食べ物屋さんがたくさんあるから」

「そうですね」

どんなお店になるのかは、まだ誰もよく知らないんだ。その方が楽しみが増えるからオープンするまでは内緒にするらしい。

お弁当を買って戻ってきて、ミケさんもシトロエンの中で食べるかなと思ったら、弦さんに挨拶して、じゃあよろしくね、ってそのまま〈喫茶ナイト〉に帰っていった。本当に一緒にお弁当を買いに行っただけだった。

『ミケさんは帰ったのか』

「うん、そう」

お弁当を広げたら、ラジオがチカチカ光った。

『一緒に食べていくのかと思ったけどな』

「僕もそう思ったんだけどね」

何かちょっと思わせぶりな感じもあったんだけど、それは僕の気のせいかもしれない。そもそもミケさんは、今みたいに淳ちゃん刑事さんと恋人になる前はミステリアスな美女ってことで話題になっていたから。

虫が出てくる季節になると、夜はシトロエンのドアや窓を開けっ放しにはしておけないからって、弦さんが全部の窓とドアにぴったり嵌められる網戸を作ってくれたんだ。もちろん、しっかりと開閉式。本当に弦さんは器用だと思う。コンピュータ以外の機械なら何でも修理できるし、工作も得意だ。シトロエンの中の改装も全部弦さんがやってくれた。あの技術を習いたいって思うけど、僕には無理なような気がしてる。

☆

テーブルの上のMacBookは〈田沼質店〉の質流れ品を安く譲ってくれたもの。そして実はWi-Fiは瑠夏の部屋のルーターに載っかっている。本当に田沼さんにはおんぶに抱っこで申し訳ないなーって思うけど、社会人として一人前になるまでは遠慮なんかしなくていいって言葉に甘えているんだ。二十歳になったら自分でちゃんとしようとは思ってるけど。

〈カーポート・ウィート〉は〈花咲小路商店街〉のアーケードの裏側で北角。こっち側は国道に面しているからそれなりに車通りは多くて、そして特徴のあるエンジン音なんかはすぐ気づいてしまう。

夜の八時を回っていた。この時間になるとほとんど駐車場を利用する人もいなくなってきて、一時間に一人二人来ればいい方。

そのエンジン音が聞こえてきて、「あ」って思ってMacBookのディスプレイから顔を上げた。特徴のあるエンジン音。スゴイんじゃなくて、古臭い感じの音。

この間気になってからいろいろ思い返してみてわかったんだけど、あの人はわりと定期的に来てるような気がするんだ。

たぶん、大体、一ヶ月に一回ぐらい。それからすると、もうそろそろ来るかなって思っていたんだけど。

「父さん」

『なんだい』

「あの人が来たよ」

『あの人？』

「ラーメン五杯の人」

あぁ、って父さんが言った。

『〈南龍〉さんのお客さんか』

そう。〈南龍〉さんが出したラーメン五杯分ぐらいのレシートを持ってくる、ものすごく古い、ブルーのダットサンのピックアップトラックで来る人。

ほら、ダットサンが駐車場に入ってきた。相変わらず車はボロボロで、そして男の人もやっぱり髪の毛がボサボサで、ジャージ姿で運転席から降りてくる。

「いらっしゃいませ」

うん、って頷きながら男の人がキーを寄越した。もう慣れているだろうから営業は十時までですとかも、何にも言わなくてもわかってると思う。でも一応、確認した。

「営業は十時までです」

うん、って頷いた。

「お泊まりではないですね?」

時刻を打った受付票を渡しながら訊いたら、また、うん、って男の人は無言で頷いて、商店街に向かって歩き出した。

「いってらっしゃい」

ゆっくりと、急ぐでもない感じで男の人は歩いていく。シトロエンから降りてダットサンを空いているところに回す。本当にこの車、ボロボロだと思う。これで車検を通ってるんだろうかって心配になるぐらい。

「どう思う?」

父さんに訊いたら、うーん、って父さんが唸った。

『車は確かに古そうだけど、どこにも不審そうなところはない。まぁちゃんとお店のレシートを持ってくるんだから、何も問題はないと思うけどね』

「そうなんだけどさ」

まさかお店のレシートをわざわざ偽造するなんてめんどくさいことをする人はいないと思うけど。

「でもラーメン五杯分だよ?」

たぶん、覚えてないけどラーメン五杯じゃなくてチャーハンとかになっているかもしれないけど、とにかく三千円分ぐらいのレシート。

「どういう状況が考えられるかな」

『そうだな。ひとつは、あたりまえだけどあの人はものすごくたくさん食べる人で、〈南龍〉さんのラーメンが大好きで、定期的に来て五杯ぐらいぺろりと食べてしまうってことだね』

その通り。

世の中には大食いの人はたくさんいるんだろうから、ラーメン五杯ぐらいは軽いかもしれない。

『もうひとつは、その人が〈南龍〉さんで誰かと待ち合わせて、そして全員分のお金を自分で払っているかだな』

「あ、そうだね」

それは思いついてなかった。でも、単純な発想ならそうなるか。

『ただ、座敷があるわけでもない普通のラーメン屋で待ち合わせて、何人かでラーメンを食べてそれだけで解散するというのも、なかなかない話だと思う。中年の男性なんだろう？』

「そう」

中年って何歳くらいを指すのかはよくわからないけど。

「たぶん四十代とか五十代だと思う」

『その年齢の男の人たちならば、普通はどこかの飲み屋で落ち合って飲み食いをするだろう。〈南龍〉さんにはビールもないし、そもそも飲み会なら車でも来ないはずだ。思いっきり好意的な考え方をすると〈南龍のラーメンを愛する会〉みたいなものがひそかにあって、定期的に集まって食べているとかはあるかもしれないけれど』

「なるほど」

それは、すごく楽しい考え方だと思うけど。

「たぶんそんなのじゃないよね」

あまり考えたくはないけれど、って父さんは続けた。

『三つ目は、お前が心配したように〈南龍〉さんがレシートをちょっとごまかしているというものだね。ごまかす理由は、ここの駐車場代金をタダにするためにだ。つまり、あのダットサンに乗った男の人は〈南龍〉の隆美(たかみ)さんにとっては複雑な事情を抱えた大切な人ってことになる』

「複雑な、大切な人？」

うん、って父さんが頷いた。

『親友とか、親戚とか、そういう人ならラーメンを何杯食べようが単純に隆美さんのおごりにすればいいだけの話だ。レジをわざわざ打つ必要はない。駐車場代だってそうだ。タダにしてあげようと思うなら、すばるに電話一本入れればいいだけだ。ダットサンに乗った男はタダにしといてくれって』

「後から自分が払うからって」

『そういうことだね。それなのに、隆美さんはわざわざレジを打ってレシートを出している。それはここの駐車場代をタダにするため以外には考えられない。そしてそのことをすばるにも誰にも知られたくないのかもしれない』

「そうしなきゃならない特別な事情があるってことか。でも、自分が一杯しか食べてないのに五杯もレシートに打ってあれば気づくよね普通は」

『気づかなきゃおかしいね。だから男の人もそれをわかっていながら何も言わない。そういう何か特別な事情があるなら、私たちがとやかく言うことじゃないよ』

そういうことか。

『でも、本当のところはわからないからね。どうしても気になるのなら、ちょっと歩いて〈南龍〉さんをのぞいてくるといいんじゃないかな』

「見てきていいかな」

『見るだけならね。その人が美味しそうにラーメン食べていたら、それでもう問題はないんじゃないかな。私たちがかかわるようなものじゃない』

「行ってくる」

弦さんはさっき銭湯に行った。瑠夏の部屋を見上げたら電気が点いてる。ＬＩＮＥをした。

【ちょっとだけ見てて】

【了解】

瑠夏が窓から顔を出して手を振ったので、僕も振り返して歩き出した。トイレに行くとかちょっとコンビニで何か買ってくるなんていうときには、いつもこうするんだ。

〈南龍〉さんは同じ三丁目だから、本当にすぐそこ。歩いて一分。〈花咲小路商店街〉でも老舗のラーメン屋だ。ここでもう六十年もお店をやっていて、今は二代目の隆美さんと奥さんの雅子さんが二人でやってる。休日には、中学生の真吾くんや、小学生で双子の萌絵ちゃんと佳恵ちゃんが手伝ったりもしてる。

十人ちょっとが座れるカウンターと、テーブルが二つだけの小さなお店。壁には芸能人のサインも飾ってあるけど、僕はほとんど知らない古い人ばかり。

メニューは醤油ラーメンに塩ラーメン、五目チャーハンに後はライスに漬物。日替わりのお総菜が二品。それだけの本当にシンプルなラーメン屋さん。常連さんなら五目チャーハンにラーメンスープ付けて、なんていう注文もできる。死んじゃった隆美さんのお母さんから受け継いでいる自家製のぬか漬けや漬物は天下一品っていう評判なんだ。

商店街にはラーメン屋さんがもう一軒〈ラーメン政〉さんがあって、そっちはまだ開店して十年も経ってない。味噌ラーメンがメインのお店だけど、最近はつけ麺なんかもやって新しいメニューをどんどん開発して学生たちの間では人気になってる。〈南龍〉さんはどっちかって言えばサラリーマンとかの社会人が多いから、その辺はうまく棲み分けができているんだ。

ぶらっと歩いているふうにして、中を見てみた。

ダットサンに乗ってきた男の人は、いた。

ラーメンを、食べていた。

お客さんは他にも何人かいて、男の人はその人たちと同じように普通にカウンター席に座って、ラーメンを食べていたんだ。でも、何杯も食べているって感じじゃなかった。目の前にラーメンどんぶりは、今食べているものしかない。

美味しそうに食べているかどうかまではわからないけど、少なくとも普通に食べてはいた。隆美さんと奥さんの雅子さんはカウンターの中で仕事をしてる。どこかおかしいとか、そんな様子もない、と、思う。

戻ったら助手席に瑠夏が座っていて、僕が乗り込んだらすぐに訊いてきた。

「どうだった？　ラーメン五杯の人」

父さんが話したんだね。でもきっと話すと思っていた。瑠夏に隠すようなことじゃないし、瑠夏はきっと、僕がどこへ行ったか父さんに訊いただろうから。

「普通だったよ。普通にラーメンを食べていた」

『隆美さんにも、おかしな様子はなかったんだろう？』

「と、思う。少なくとも見た感じでは何にも問題はなかった」

『じゃあ、ここまでにしておいた方がいいね。お客さんにラーメンをおごったって、それは〈南龍〉さんの問題だ』

そうだね、って頷いた。瑠夏もちょっと顔を顰めて、少し不満そうに口を尖らせたけど頷いた。

「でも、あの車きっとかなり遠くから来てるんだよね」

「遠くからって」

思わずダットサンを見てしまった。

「何でわかるの」

訊いたら、瑠夏が眼を丸くさせた。

「え、だってさっき見てきたけど、タイヤにたくさん土の汚れがついていたよ。それはつまり、舗装されてないところを普段から走ってるからでしょ？　山の中とか、田んぼの周りの未舗装の農道とか」

チカッとラジオが光って、ほう、って父さんが呟くように言った。

「この辺でそんな土の汚れがつくようなところって雛形町とか、それか〈桜山〉の向こうの方とかでしょ？　もっとずっと遠くから来てるかも、だけど」

「そうか」

確かにそうだ。僕は全然気づいてなかったけど、今ここから見てもタイヤが汚れているのがわかる。〈桜山〉の向こうは確かに田んぼばかりだし、〈桜山〉も裏道を走ると舗装にもなっていない本当の山道がある。

『瑠夏ちゃんは観察眼が鋭いよね』

「いやそれほどでも」

えへへ、って瑠夏は恥ずかしそうに笑った。

『それはきっと、ずっと質屋さんを手伝ってきて、人を見てきたから養われたものなんだろうな』

「それは、あるかもしれませんね」

そうだね。サエさんも言っていたっけ。質屋に必要なのは、品物を鑑定する知識と、持ってきた人の人となりを見つめる眼だって。

☆

九時半を回って、もうちょっとしたら駐車場を閉める時間になったときに、ラジオが光った。

『あの人じゃないかな』

見たら、商店街の方から男の人が歩いてきた。そうだ、ラーメン五杯の人だ。

「お疲れ様です」

男の人は頷いて、レシートを出してきた。〈南龍〉のレシートだ。やっぱり三千円ぐらい食べていることになっている。

「はい、駐車代は無料になります。ありがとうございました」

車のキーを渡したら、男の人は無言でただ頷いて、ダットサンの方に歩いていく。ドアを開けて、乗り込んで、エンジンキーを差し込んで。

「うん？」

キュルルルルっていうエンジンが回る音。でも、エンジンが掛からない。点火しない。そのまま何回も音が響いた。

『エンストかな』

「うん」

シトロエンを降りて、ダットサンに近寄ったら、男の人がちょっと顔を顰めて、ウィンドウを開けた。古い車だからウィンドウも手回しハンドルだ。

「エンジン、掛かりませんか？」

声を掛けたら、髭面の男の人は僕を見て、苦笑いして頷いた。

「まいったな」

　そう言ったんだけど、その笑みと声が意外な感じでちょっとだけ驚いた。今まで声も聴いたことなかったし、ずっと無表情だったから。

　すごく、いい感じだったんだ。笑い方も、声も、失礼だけど見かけからは想像もできないぐらいに、何ていうか、知的ないい感じだった。

　エンジンが掛からない音が聞こえていたんだと思う。弦さんが家から出てきてこっちに来た。

「エンストか」

「そうみたい」

　弦さんが窓の中を覗き込むようにして、男の人に言った。

「俺は隣に住んでいる元自動車整備工だ。よかったらちょいと見てみるからボンネット開けてくれ。お代はいらない。サービスだ」

「申し訳ない。頼みます」

「すばる、シトロエンで待っててもらえ」

「うん」

　どうぞってシトロエンのソファを勧めたら、すごく興味深そうにきょろきょろしていた。これもサービスでコーヒーを出したら、男の人はきちんと頭を下げて、また申し訳ないなってお礼を言った。

向かい合って座って、明るい中でこの人を見て改めて考えた。

人を見た目で判断しちゃいけないって。

穴の開いたジャージなんか穿いているけど、変な臭いとかはしなかったんだ。むしろ柔軟剤の匂いがした。ちゃんと洗濯している清潔な服を着ているんだ。髪の毛だってすごくボサボサだけど、シャンプーの香りもした。

つまり、ちゃんとよそゆきの支度をして、ここまで来て〈南龍〉のラーメンを食べているんだ。

男の人は、シトロエンの中を見回した。

「前から思っていたけど、これは、いい車だな」

「ありがとうございます」

答えたら、男の人は僕を見た。その眼が、とても澄んでいる気がする。

「お祖父ちゃんの、史郎さんが亡くなって随分になるな」

「えっ」

すっごくびっくりした。

「じいちゃんを、知ってるんですか」

「よく知っていたよ。俺もここの生まれだから」

ここの生まれ。

ラジオがチカッチカッと光ったけど、男の人は気づかなかったみたいだ。きっと父さんも驚いたんだな。

男の人は、優しく微笑んで頷いた。

「〈南龍〉の息子なんだよ。俺も」

息子さん？

「じゃあ」

「隆美は俺の弟なんだ」

隆美さんの、お兄さん。

そうだったのか。

「ここに住んでいた頃はな。史郎さんの整備工場はガキどものいい遊び場だったんだ。もっとも入り込んだら怒られたけど、男の子はそうだろ？　ああいう機械がたくさんあるところは好きだろ」

確かに。僕も好きだった。

「裏のちょっとした空き地にな、近所のガキどもが集まってた。そこには使わなくなったネジとかな、ボルトとかを史郎さんがミカン箱なんかに入れておいてくれたんだ。そういうのを皆で選んで、きれいにして箱の中にしまっておいたりしたな。今の子にはわからないだろうが」

いや、わかる、って思った。僕もそうだった。じいちゃんからいらない車の部品を貰ったりしていた頃はあった。

あぁ、って小さい声で言ってから、男の人は頷いた。

「すばるくんだったな」

「そうです」

「秋山隆昭だ」

そうだ、〈南龍〉さんの苗字は秋山さんだった。それじゃあ、隆昭さんと隆美さんっていう兄弟だったのか。

「じゃあ、ここに住んでいたのはいつぐらいまでだったんですか」

隆昭さんは、うん、って頷いた。

「高校ぐらいまでだな」

高校ぐらいまでか。隆昭さんは何歳ぐらいなのか全然わからないけど、隆美さんは確か五十歳ぐらいだ。そのお兄さんの隆昭さんが高校生ぐらいってことは、きっと三十五年とか前の話だ。それなら、父さんもまだ本当に小さい子供の頃だ。父さんはこの隆昭さんを知っているんだろうか。

# 五　ラーメンどんぶりとジムニーの置き手紙

エンジンが掛かる音がして、隆昭さんが「おっ」と小さい声を出した。二人で同時に外を見ると、弦さんがボンネットを閉めて歩いてきた。

「直ったんだね？」

訊いたら、弦さんは頷いて言った。

「プラグが被っていただけだ。掃除しておいたから、しばらくは大丈夫だろう」

「すみません。ご面倒掛けました」

一緒に外に出ると、隆昭さんが弦さんに頭を下げた。

「ただ」

弦さんがダットサンを振り返って見てから、続けた。

「わかってると思うが、正直言っていつ動かなくなってもおかしくない古さだ。このまま乗り続けたいなら、専門のところに持ち込んできちんとエンジンも車体もレストアしてもらった方がいい」

「そう思っていました」

「よかったら、俺が紹介してもいいけどな」

もちろん弦さんはそういうところをたくさん知ってるはずだ。でも、隆昭さんは少し笑みを見せながら首を横に振った。

「まぁお金の掛かることなので」

「確かにな」

弦さんも頷いた。

「まともにやりゃあ、それではるかに調子の良い軽自動車を買えるだろう」

そうでしょうね、って隆昭さんは苦笑いした。

「何とか持たせます。ありがとうございました」

お辞儀をして歩き出して、車に乗り込んだ。軽く僕と弦さんに向かって手を上げてゆっくりダットサンを走らせて駐車場を出ていった。もう少し時間があったらラーメン五杯のことも訊けたかもしれないけど。

「わりとすぐにイカれちゃうかもしれないの？」

「いきなりエンジンが止まることもあるだろうな。まるっきりとは言わないが手入れをしていないように見えたし、そもそもがたぶんもう三十年も経ってるはずの車だ」

ちゃんと走ってるのが不思議だって弦さんは言った。

そうだ。

「弦さん、今の人、知らない？」

うん？　って顔をして、僕を見た。

「知らんぞ？」

「ラーメン屋の、〈南龍〉さんの隆美さんのお兄さんだって言ってたんだけど。秋山隆昭だって」

じいちゃんを知っていたなら、一緒に働いていた弦さんを知っていてもおかしくないはずだけど、さっき隆昭さんは何にも弦さんに言わなかった。弦さんが働きだした頃と隆昭さんがここにいた頃が被っているかどうかだと思うんだけど。

「〈南龍〉の隆昭？」

弦さんが驚いた顔をした。

そしてダットサンが走り去った方角を見た。普段、あまり表情を変えない弦さんがそうやって驚くとこっちも驚く。

『弦さん』

シトロエンから父さんの声が聞こえてきたので、弦さんと二人で乗り込んだ。

『あの人は、そう言っていたんだよ。自分は隆美さんの兄の隆昭だって』

父さんが言ったのを聞いて、弦さんが顔を顰めた。

「本当にか」

首を捻った。

「まるで気づかなかった」

「弦さんは、知ってるんだね？」

「知ってる」

腕を組んで、シトロエンの天井を見上げて少し考えた。

「俺が三十ぐらいの頃だから、四十年弱、三十八年も前か。あいつは家出をしたんだ」

「家出？」

いや、って弦さんがまた首を捻った。

「もっと前か。あいつが高校を卒業する前だったはずだな」

「父さんは？　まだ子供だった？」

『小学生になるかならないか、の頃かな。よく覚えてはいないんだけれど、〈南龍〉さんが兄弟だったことは知っていたよ。いや』

言葉を切った。

『正確にはさっき、すばると隆昭さんの会話を聞いていて思い出したんだ。そういえば隆美さんにはお兄さんがいたなって』

「全然付き合いはなかったんだね」

『あの頃はまだ商店街の子供も大勢いたし、高校生と幼稚園児じゃあそんなにかかわることもなかったからね。それにうちは整備工場だ。商店会にも入っていなかったから』

そうか。そういえばそんな話はしていたっけ。

「しかし」

弦さんだ。

「隆昭だ、と、言われてもまるでピンと来ないし、わからんな。はっきりとは言えんが、その頃の面影なんかまるでなかったんじゃないか」

「変わっちゃっていた」

そうだ、って弦さんが頷いた。

「隆美とはあまり似ていないで、わりかしいい男だったはずだが、さっきの男はくたびれたおっさんにしか見えなかったよな」

四十年弱って、ものすごい年数だ。そんなに経ったら人相だって変わっていてもおかしくないよね。

「家出って、その理由は聞いたことあるの？」

いいや、って弦さんは僕を見た。

「何にも知らない。俺は、自分で言うのは何だが、若い頃は人付き合いが苦手な方だったからな。商店街の連中との付き合いもほとんどなかった。しかし」

一度言葉を切って、何かを思い出そうとするように下を向いて考えていた。

「昔、史郎さんが話していたな。〈南龍〉の兄弟は性格が全然違っていて、兄の方はやんちゃで困っているって」

やんちゃ。

「不良っていう感じだったのかな」

「そういうことだろうな。大したことじゃないだろうが、警察の世話になったことも何度かあるはずだ。そうだ、だから、家出したって聞いたときもまぁそういうふうになるのか、と何となく納得したのを覚えてるよ」

「じゃあ家出して、その後どうなったのかは弦さん知らないんだ」

弦さんが小さく頭を動かした。

「何にも知らない。ただ家出したってのを聞いたぐらいだ。司もそうだろ？」

『私は家出したのも知りませんでした』

「その後も一度も家には戻ってなかったはずだ。そんな話を以前に聞いた」

高校時代に家出して一度も帰っていないって、なかなか大変なことだと思うんだけど。

『そのお兄さんが、実は〈南龍〉に通っていたということになるね』

「通っていたのか？〈南龍〉に」

そういえば弦さんにはラーメン五杯の話をしていなかったので教えてあげると、なるほどな、って頷いた。

「じゃあ、もう何ヶ月も前から〈南龍〉にラーメンを食いに来ていたわけだ」

「少なくとも、僕が覚えているだけでも五回以上は来てると思う」

「確かに、俺も何度かあのダットサンは見ているな」

うん、って弦さんも僕も、きっと父さんも頷いて少し沈黙してしまった。

家出したお兄さんが、ラーメンを食べに来ていた。もっと前から来ていたのかもしれないけれど、少なくともあのダットサンに乗って食べに来ているのは、何ヶ月か、たぶん半年かそれぐらい前からだ。

でも、それは。

「いいことだよね？」

言ったら、弦さんは頷こうとしながら、でも待てよ、って感じで少し首を捻った。

「いいこと、なんだろうかな？　司」

『そう思いたいですけど、ちょっと微妙ですね』

「ラーメン五杯な」

『そうですね』

「確かにそのラーメン五杯の件が気になって、本当に兄弟の再会を喜んでいいのかどうかと思ってしまうな」

『そうなんですけど、でも、何であろうと結局は兄弟の問題ですからね。私たちが口を挟んだり首を突っ込んだりすることじゃないとは思うんですけど』

確かにそうなんだろうけど。

『仮に、隆美さん兄弟の間で、金銭の問題があったとしましょう。金の貸し借り云々ですね。それでラーメン食べさせてタダにしてさらに駐車場代金を無料にするためにレシートにラーメン五杯分打ち込んだとしても、金額的には微々たるものですよ。言ってみればかわいいもんです』

父さんが弦さんに言うと、弦さんも頷いた。

「確かにな」

「でもさ、その向こう側に何か大きな問題があったなら、ちょっとイヤだよねまったくないのかもしれないけど、どうしても気になる。

「もしも、ラーメン五杯の嘘のレシートがきっかけになって、大きな兄弟喧嘩になって警察沙汰とかになったら、マズイよね。〈南龍〉さんの真吾くんなんか今年受験生だよ。萌絵ちゃんと佳恵ちゃんはまだ九歳だよ」

〈南龍〉さんの子供たち。萌絵ちゃん佳恵ちゃんなんかは本当にカワイイんだ。いつもニコニコして、お店の手伝いをしてることだってある。

「悲しいことが起こってしまったら、知ってて黙って見ていたなんてことになっちゃったら、イヤだな」

ラジオがチカチカッと光った。弦さんが、うーん、って唸った。

『確かにそうだね。そして、すばる』

「うん」

『そもそもまだラーメン五杯分のレシートが嘘かどうかも確かめていないんだ』

そうだった。すっかりその気になっているけど、まだ直接確かめていない。

「僕、今度こそ〈南龍〉さんに行って訊いてこようかな。もうそろそろ閉店の時間だよね」

「いや待て」

弦さんが右手の平を広げた。

「もしも、人に言えるような事情だったら隆美は言ってくるんじゃないのか。何せ、そのレシートの件で隆美たち以外に唯一かかわる他人っていうのはすばるだけだ」

頷いた。確かにそうだ。

〈カーポート・ウィート〉にしてみれば契約上三千円以上のレシートさえ持ってくれば駐車場代金をタダにしても何の問題もない。損はしていないっていうか、そういう契約なんだから。

でも、そのレシートに打ち込んだ金額が嘘だったとしたら、僕は駐車場代金を損していることになる。

「隆美は正直な商売人だろう。なのに、何も言ってきていないっていうのは、それなりの深い事情があるんじゃないのか。だとしたら、こっちから変に勘ぐって騒いで波風立てるのはよくないんじゃないか」

『そう思います』

「さっき、家出してから一度も家に戻っていないって聞いたって言ったな。その話を聞いたのは、〈大学前書店〉の吉尾からなんだ」

「鈴木さん」

「隆昭の同級生なんだよ吉尾は。確か、一、二年前だ。三年は経っていないと思う。すばるも高校生だ大きくなったよなって話もしていたからな」

『どういう状況でその話を聞いたんですか』

「飲み屋だ。親不孝通りの〈レッド〉だ」

知ってる。じいちゃんもよくそこに飲みに行っていた小さなスナック。小さい頃に一度だけ連れて行ってもらったことがある。焼きうどんとジュースがすごく美味しかったのを覚えている。ママのマリさんは確かもう七十歳過ぎのおばあちゃんで、田沼のサエさんも古い友人なんだ。

「吉尾と偶然一緒になってな。なんだかんだと商店街の話をしていてそんな話題になった。言葉を濁していたが、隆昭が今どうしているかを知っているような口ぶりだったぞ。だから、あいつならいろいろと知ってるんじゃないか」

本屋さんの〈大学前書店〉ご主人の鈴木さん。

鈴木吉尾さんっていう、どっちも苗字みたいな名前なんだ。丸顔に丸メガネで丸刈りで、袈裟でも着せたらどこかのお坊さんみたいな人。

弦さんが腕時計を見た。

「ちょうど本屋も閉店だな」

『すばるは、吉尾さんとは仲良しだよね』

「うん」

　僕はいつも本を〈大学前書店〉で買ってる。本屋さんだから鈴木さんは本当に読書家で、話が合う。本を買いに行ってそのままずっとおもしろかった新刊の話や、読んだ方がいい小説の話をしていることもあるんだ。

『弦さんと一緒に行って、隆昭さんの住所を知らないかどうか訊いてみたらどうだろう。ラーメン五杯の件は内緒にするとして』

「わかったら、会いに行くの？」

　父さんが頷いたように、ラジオがチカチカ光った。

『さっきお前と話しているのを聞いて、そしてここに座った雰囲気からして、昔に何があったかは知らないけど今の隆昭さんは悪い人ではない。むしろ正直な感じの心根が伝わってきたよ。それなのに、自分の家だった〈南龍〉にせっかく帰ってきているのに、ラーメンだけ食べて帰ってる。商店街には隆昭さんのことを知ってる人がまだたくさんいるのに、誰も帰ってきてることを知らないんじゃないかな。ひょっとしたら吉尾さん以外は。そんな噂は一度も聞いたことがないだろう』

「そうだろうな。俺も初耳だった」

『だから、隆美さんに訊くよりも、隆昭さんに訊いてみた方がいいんじゃないかな。ラーメン五杯の件は』

「どうして隆昭さんに会いたいのかって、鈴木さんに訊かれたらどうするの」

『商店街の誰にも内緒で会いたい事情があるんだって、素直に言えばいい。弦さんとすばるがそう言えば吉尾さんもきっとそうかって頷いてくれるはずだ。もしも、話せるようになったらきちんと話すと伝えればいいよ』


駐車場は瑠夏に頼んでおいた。すぐに戻るから見ていてって。瑠夏は父さんと話すのが好きだから、いつも喜んでシトロエンに来てくれる。

ちょうど閉店の支度で、表に出してあったマガジンスタンドを片づけていた鈴木さんが外にいたんだ。僕と弦さんが一緒に近づいてきたのに気づいて、おや、って顔をして笑った。

「お二人でとは珍しいね」

「鈴木さん、ちょっと訊きたいことがあるんですけど」

「〈南龍〉の隆昭のことだ」

弦さんが名前を出すと、鈴木さんは丸い眼をさらに丸くして「隆昭？」って呟いた。

隆昭さんがブルーのダットサンに乗ってうちの駐車場に来ていたこと。いつも〈南龍〉のレシートを持ってくること。それがさっき、車がエンストしたのをきっかけにして隆昭さんだっていうのを知ったこと。

そして、事情があって、もう一度会いたいので住所を知ってたら教えてほしいって伝えた。

「確かに、それは〈南龍〉の隆昭だね」

そう言いながら鈴木さんはちらっと店の奥を見たし、周りも見回した。明らかに、誰かに聞かれたらちょっと困るかなって感じで。

「すばるちゃんは、隆昭を知らないだろう」

「全然知りませんでした」

鈴木さんは、少し笑みを見せて頷いた。

「弦さんの言う通り、隆美の兄貴で、僕とは同級生なんだよ」

うん、って弦さんと二人で頷いた。

「隆昭の住所か」

「そうなんです」

「隆美に訊きに行かないで、僕のところに来たってことは、いや」

一度言葉を切った。

「事情があるんだよね」

「そうなんです」

何となくだけど、本当に何となくなんだけど、鈴木さんはわかってるみたいだった。何をわかっているのかも僕にはわからないけど、顔つきや態度がそんな感じだった。

「いいよ。近くに住んでるからすぐだよ。あ、でも、すばるちゃんと弦さんだから信用して教えるんだからね。誰にも言わないでくれると助かる」

もちろんです、って頷いた。

「近いんですか」

「川部（かわべ）だよ。川部の〈桜山〉のすぐ近く」

川部か。〈桜山〉をぐるっと回って向こう側の、車で二十分か三十分ぐらいのところだから、確かに車があれば近くだ。ってことは、タイヤの土の汚れを見て言っていた瑠夏の予想通りじゃないか。

「電話もないし、あいつは携帯も持っていない。でも、家にいるはずだよ」


やっぱり瑠夏が一緒に行きたがった。僕は弦さんと一緒に行くつもりだったんだけど、弦さんが、自分みたいな年寄りのジジイが行くより、若い女の子の瑠夏の方が気持ち良く話をしてくれるかもしれないって。それに、隆昭さんは瑠夏のお母さんやお祖母ちゃんのこともよく知ってるはずだから大丈夫だって。

車は、その気になればシトロエンも動かせるんだけど、駐車場のいちばん隅に置いてある深緑色のミニクーパーにした。これも、じいちゃんの遺品。もう三十年前の車だけどしっかり弦さんが整備してくれているから、ガンガン走るんだ。

運転は、得意だ。特にこのミニクーパーは古い型だからすごくシンプルで単純な造りの車なんだ。どこにもコンピュータなんか入っていない。ハンドルとタイヤが直結してるような感覚で走っていける。

「私、思ったんだけどね」

助手席で瑠夏が言った。

「隆美さんと隆昭さんで何か約束をしているんじゃないかな」

「どんな？」

「それはわからないけど。兄弟で隠し事って、なんか、そういうものじゃないの？　私もすばるちゃんも兄弟がいないからたぶんわかんない」

うん。わからないけど、一理はあるかもしれない。

鈴木さんが描いてくれた地図の通りに走らせたら、隆昭さんの家はすぐに見つかった。ヘッドライトに照らされてあのボロボロのブルーのダットサンがあったんだ。

そして、裏が〈桜山〉で周りは田んぼだらけの家の前に車を停めたら、隆昭さんが今何をやっているかもすぐにわかった。

これは、窯（かま）だ。陶器を焼く窯。薪もいっぱい置いてあるし焼き物の壊れたのもそこにたくさん転がっていた。ミニクーパーを停めたから音とヘッドライトでわかったんだと思う。隆昭さんが家の中から出てきて、降りた僕と瑠夏を見て少し驚いた顔を見せた。

「そうか、駐車場代な」

「そうなんです」

隆昭さんは驚いていたけど、ここに来たわけを話したら、なるほどな、って納得して歓迎してくれた。元は古い農家だったと思うんだけど、大きな一軒家と納屋を繋いで、自分で陶芸をする工房にしていたんだ。瑠夏はそういうのも好きだから嬉しそうにきょろきょろしていた。

隆昭さんは、陶芸家になっていたんだ。

「田沼さんのところの娘さんだったのか」

「そうです」

瑠夏ですって自己紹介したら、そうか、って何か嬉しそうに微笑んでいた。昔は不良だったって聞いたけど、全然そんなふうに見えない。優しいおじさんだ。

「まだサエさんも元気だって聞いたが」

「元気です。ものすごく元気です」

また、そうか、って微笑んだ。

元はきっと台所だったところに、大きな丸太を切っただけのテーブルがあって、そこにコーヒーを出してくれたんだけどカップも陶器だったから、きっとこれも隆昭さんが自分で作ったんだ。

「聞いただろうが、俺は〈南龍〉の放蕩息子でな」

ラーメン屋なんてちんけな商売だと思っていた、って隆昭さんは続けた。

そういう仕事をしているお父さんに反発して家出して、一人で東京に行って、適当なそして最悪な暮らしを続けてしまったって。

小さく首を振って、隆昭さんはコーヒーを一口飲んだ。

「まぁ聞くに堪えない、くだらない男の人生だ。君たちみたいな若い子は知らなくてもいい。それでも、四十を過ぎてようやく自分の愚かさに気づいてな」

ある人と知り合って陶芸の道にのめり込んだって続けた。

弟子入りして働いてお金を貯めて、そしてようやく一人でも納得できる作品を作れるようになって、この町に戻ってきた。窯を造れるような空き家を探してもらったのが、同級生で親しかった〈大学前書店〉の鈴木さんだった。

「それが、二年ぐらい前だ」

本当につい最近だったんだ。小さく息を吐いて、隆昭さんは頷いた。

「弟に、隆美に、謝ってな。土下座して謝って、店に、家に入ることを、親父とおふくろに手を合わせるのを許してもらった。そして、ラーメンも食べさせてもらった。親父の味とおんなじ、隆美の作ったラーメンをな」

旨かったって、少し微笑みながら、呟くように隆昭さんは言った。五十を過ぎて初めて、義妹に、つまり隆美さんの奥さんに、そして自分の甥っ子と姪っ子にも挨拶できたって嬉しそうな顔で続けた。

「そしてな」

壁際にたくさんあった手作りの棚から、隆昭さんが持ってきたのは。

「ラーメンどんぶり？」

黒っぽい、しっかりした厚みのあるどんぶり。瑠夏が持ち上げて、スープを飲むような仕草をして笑った。

「すごくいいです。これで食べたらきっとラーメン美味しいと思う」

「ありがとう。そう言ってもらえると嬉しい」

隆昭さんがにっこり笑った。

「ようやく納得するものができてな。それをたくさん作るんだ。作って〈南龍〉に納める」

「納める」

「もちろん、タダだ。何十個もな。この先何十年も、ひょっとしたら甥っ子の真吾が〈南龍〉を継いで、店がいつまでも続いてもいいように、いいものをたくさん作る。作らせてくれって隆美にお願いしたんだ。それで、喧嘩した」

「喧嘩？」

「隆美はきちんと金を払うからいいものを作ってくれ、となる。俺は」

苦笑いした。

「せめてもの罪滅ぼしだと思っているんだ。死んじまった親父やおふくろに、親不孝ばかりして顔もあわさずに逝っちまった親にな。そして、迷惑ばかり掛けちまった弟へのな。だから金なんかいらんと言ったんだ」

「じゃあ」

あのラーメン五杯分のレシートは。

「折衷案だ。奥さんの雅子さんが提案してくれてな。俺が定期的に店に来て三杯でも五杯でも食べていけと。その分を全部おごりにすると。もちろん、駐車場代もな。そんなに食えんだろうと言ったら、差の分の金を貯めておいてその金でどんぶりの製作費を支払うとか言い出した。まぁ、結局は隆美が自分の金を貯めることになるんだし、そのまま喧嘩してても話はまとまらんしな。俺が折れた」

「それで、ラーメン五杯分のレシートだったんですね」

瑠夏が言ったら、隆昭さんが頷いた。

「そういうことだ」

しかし、って続けた。

「駐車場代のことは、俺も隆美がちゃんとすばるくんに伝えているんだろうと思っていたが、きっと隆美はうっかりしてたんだろうな。あいつは、しっかりしているようで、そういう抜けたところがある。昔からな」

「そうなんですか」

そうなんだ、って隆昭さんは笑っていた。

お兄さんの笑顔だなって思った。

「そのうちに気づいて言ってくるだろうから、そのときは穏便に済ませてやってくれ」

「わかりました」

それから、って隆昭さんが僕と瑠夏を見た。

「全部納品できたときに、改めて、迷惑を掛けた〈花咲小路商店街〉の皆に挨拶に回ろうと思ってる」

そのときまで、ここに自分がいることは内緒にしておいてくれって。

『じゃあ、そのうちに〈南龍〉では、素晴らしいラーメンどんぶりでラーメンが食べられるわけだ』

「本当に、すっごくいいどんぶりでした！　きっとお客さんも増えますよ」

「何にしても」

弦さんがポン！　と太腿の辺りを叩いた。

「やっぱり兄弟喧嘩だったわけだな」

☆

シトロエンにはもちろんドアミラーが付いている。今の車みたいに流線形のカッコいいものじゃなくて、細長くて大きな本当にカガミっ！　て感じなもの。

うちの車にはその他に三つ、もう廃車になった同じシトロエンから取ってきたミラーを車体の後ろにも付けているんだ。

それは、うまく角度を調整してあって、駐車場に向かって来る人なんかがちゃんと手前のドアミラーに映るように、見えるようにしてある。駐車場の出入口に設置してあるカーブミラーともきっちり調整してあるんだ。

父さんと会話をしているのを瑠夏と弦さん以外に聞かれるのはマズイから、誰か人が近づいてきたらすぐに父さんにわかるようにしたっていうのもあるんだけど、もうひとつ目的があったんだ。

隣は〈田沼質店〉。

そしてシトロエンの斜め後ろの路地にお店の入口がある。

〈田沼質店〉自体は〈花咲小路商店街〉三丁目の裏側、国道沿いに建っているけれど店の入口は商店街の路地側。どうしてそうなっているかっていうと、もちろん、質屋に来る人たちはできるだけ目立たないようにしたいからだ。

今の質屋さんみたいにまるでリサイクルショップみたいなものじゃなくて、本当に昔ながらの質屋さんの〈田沼質店〉。そこに来る人が、うちの駐車場に車を入れることもたまにある。

そして、どういうわけかそういう人って何となくわかるんだよね。

あ、この人きっと〈田沼質店〉に行くな、って。

そういう人はさりげなくミラーで観察するんだ。あくまでも、さりげなくただ観察する。見るだけなら別に法律違反じゃないからね。

普通の何も知らない人には言わないようにしているけど、義務じゃないんだけど〈田沼質店〉に僕は協力しているんだ。今まで起こったことはないんだけど、もしも、警察に報告するようなことがあったときのために。

そう、質屋って、盗品なんかが持ち込まれることもあるからね。

そんなに多いわけじゃないけど、平均するとたぶん一ヶ月に二人ぐらいは質屋に行くためにうちに車を置く人がいる。

いろんな人がいる。普通のおじさんおばさんみたいな人もいるし、けっこう若い人も年取った人も。別に質屋なんか必要ないんじゃないかって思うような高い車に乗ってくる人もいて、その車を売ってしまった方がお金になるんじゃないかって思うけど、そういうものじゃないんだろう。もちろんいかにも、な、ボロボロの車に乗ってくる人も。

火曜日の夜。八時半過ぎ。

まだ梅雨には早いよなぁって思っていたけど、弱い霧雨が降っていたんだ。コンビニに走っていくぐらいなら傘はいらないよなって思うぐらいの霧雨。

古い型のジムニーが入ってきて、そのままっすぐ空いている駐車スペースに車を入れて停めた。そういう人も中にはいるのでそのまま見ていた。エンジンを止めて運転手さんが降りてきたときに、何となくそんな予感みたいなものを感じた。

「いらっしゃいませ」

本当にこれぐらいの大人の男性の年齢って、いや女性もなんだけど、わからない。いったい自分が何歳ぐらいになったら、大人の年齢を見た目で判断できるようになるんだろう。

三十代ぐらいだと思うけど、細身で髪の毛が僕みたいにくしゃくしゃのたぶん天然パーマ。顔つきは、何となく険しかった。白いシャツに黒のパンツっていうすごくシンプルな恰好。黙ってキーを渡してきたので、受付票を差し出した。

「営業は十時までです」

こくん、って感じでその人は頷いた。愛想も何もない。別に愛想は求めていないんだけど、本当にそっけなかった。

受付票を受け取ったのは左手で、右手には何か白い四角い包みを持っていた。風呂敷に包んであったので、珍しいなって思ったんだ。それも、ひょっとしたらって思う要素になった。

その人が歩き出すその後ろ姿を見ていたら、ラジオがチカチカッて光った。

『気になる人だね』

「そう思った？」

『雰囲気でね』

駐車場にいる間なら、父さんが言うところの〈魂の手〉は車でも人でも関係なく伸びていって、何となくの雰囲気や気配を感じる、らしい。

『何か、身体に緊張感が漂っているよ』

「緊張感」

そこまでは僕はわからなかったけど。

男の人は最初はそのまま商店街の方へ向かっていって、〈田沼質店〉の入口がある路地を通りすぎたんだ。でも、予感は消えなかったからそのままミラーに集中していた。集中して、二分ぐらい経ったら路地の反対側で動く影がミラーに映るのがわかった。

きっとそうだ。

「父さん、見える？」

『見える。そうだと思うよ』

路地には街灯がないから暗がりでほとんどわからないけど、さっきの男の人だとんだ。

思う。こっちから入らないで商店街を歩いてぐるっと回って反対側から入ってきた

正直人通りはほとんどないから、あんまり意味はないと思うけど、少なくとも駐車場の明るいところから直接質屋に入っていったというのを、通りすがりの人には見られないで済む。

『気持ちはわかるけどね』

瑠夏が言っていたけど、リサイクルショップとかネットオークションに出さないで、こういう本物の質屋さんに何かを持ってくるって人は、お金に困っているけどどこかから借りることをよしとしない、ある意味で生真面目な人が多いんだって話だ。それを心の底から恥と思っているからこそそしてしまう人がいる。あの人もそうなんだろう。

何を持ち込んだのかはわからないけど、お店では瑠夏のお母さんの智佐絵さんか、お祖母ちゃんのサエさんが品物を鑑定している。そして、いくらまでなら貸せるかを決めているんだ。すぐに終わることもあるし、ちょっと時間が掛かることもある。

他にお客さんも来なかったから、父さんと一緒にずっとミラーを見ていた。

「大変な商売だよね。質屋さんって」

言ったら、ラジオが光った。

『そう思うね。何よりも確かな鑑定眼が必要だから』

「そうなんだよね」

駐車場の管理に特別な知識は必要ない。車の免許さえ持っていれば誰にだってできる。でも、質屋の店員さんには美術品からブランド品から電化製品、宝石に至るまでありとあらゆる物の知識と、本物か偽物かを見破る眼が必要になる。もしも、偽物を本物と思って大金を貸してしまったら、そしてその人が嘘つきだったら大損をしてしまうんだ。

瑠夏は、跡継ぎとして今も勉強中だ。遅い時間までずっと部屋の電気が点いているけど、それは毎日勉強をしているからだ。

『出てきたんじゃないか』

父さんが言った。

「うん」

出てきた。さっきの人だ。また遠回りするかと思ったらまっすぐ駐車場に向かってきた。手に持っていた荷物がないから、質草として置いてくることができたんだ。受付しに来るかと思っていたら、まっすぐ自分の車、ジムニーに向かっていった。慌てないで、でもすぐにシトロエンから飛び出せる体勢を取った。

今まで、一回だけあったんだ。お客さんが帰りに受付しないで、つまりお金を払わないで出ていってしまったことが。キーも預かっているけどスペアキーを持っていたら関係ないからね。ナンバーは控えてあるから、数百円を惜しんで逃げたって何の得にもならないのに。

ジムニーの人は助手席のドアを開けた。鍵は掛けてなかったみたいだ。外に立ったまま中に身体を入れて何かをしているみたいだった。ほんの一分か二分、そうやっていてからドアを閉めた。

ドアを閉めて、こっちを見て、軽く手を上げてからまた歩き出して、商店街の方へ向かっていった。

「何か、車に置いて行ったのかな」

『あるいは取りに来たかだね』

そういう人も、たまにいる。買い物をしてきて、荷物を置いてまた出かける人が。

「でも、鍵を掛けていなかったし、いかなかったよね」

『そうだね。不用心だし、後から何か理不尽なことを言われるのも困るから、鍵を掛けてしまった方がいい』

「うん」

預かったジムニーのキーを持って、外に出た。トラブルを避けるためにいろいろと配慮するのは商売の基本だって弦さんにも言われている。ないとは思うし思いたいけど、後からあの人が荷物を置いて行ったのになくなってる、とかいちゃもんをつけないって可能性はないわけじゃないんだ。

鍵を掛けようとして、何気なくウィンドウから中を見た。

（え？）

びっくりして、慌てて助手席の方へ回った。回って、中を見て確かめた。

（なんで？）

そのままにしてダッシュしてシトロエンに戻った。

「父さん！」

『どうした?!』

「変な物が、置いてあるんだ。助手席のシートに」

『変なもの？』

変じゃないけど、おかしなもの。

「手紙、みたいな」

『みたいな？』

封筒が、シートの上に置いてあった。

「書いてあるんだ」

『何が？』

「封筒の表に、〈駐車場の、管理人さんへ〉って。油性ペンではっきりと」

# 六　置き手紙と生者と死者と

「捜してみる！」

封筒の中身は何か。

たぶん手紙なんだろうけど、それを確認する前にとにかくさっきの男の人を捜してみようと思って走り出した。いったん立ち止まって瑠夏にＬＩＮＥする。ちょっとシトロエンを頼むって。

走って、捜してみた。

見つからないとは思うけど、白いシャツに黒いパンツの男の人。顔は、あんまり特徴のない人だと思ったけど何となく覚えている。細面の少し神経質そうな感じの人だった。髪の毛はくしゃくしゃのたぶん天然パーマ。

（どっちに行ったんだろう）

全然わからないから、商店街の三丁目を四丁目に向かって小走りで捜した。九時を回ったから閉店したところはたくさんある。まだ開いているのは飲食店ぐらいだけど、それも十一時や遅くても十二時には閉店しちゃう。人通りは全然少ないからすぐに見渡せる。ど真ん中にある銅像の〈海の将軍〉がちょっと邪魔だけど。

白いシャツの男性は、いない。

四丁目にはお店はほとんどないし、誰も歩いていなかった。くるっと回れ右して逆方向に走った。また三丁目を走って戻って二丁目そして一丁目も小走りで捜してみた。

やっぱり、いない。っていうか人通りはほとんどない。

また北斗さんに監視カメラの映像を見せてもらおうかなって思ったけど、考えてみればほとんど閉店しているんだから、どこかのお店に行くために商店街に向かったわけじゃないいんじゃないかって思い直した。まだ開いている飲食店にだって、そこに入っていくために車を置いたのなら、あんな手紙みたいなものは残していかないんじゃないかなって。

だから、単純に商店街を抜けてどこかに向かったんだと思う。

(きっとそうだ)

急いでシトロエンに戻ったら、瑠夏が助手席に乗っていた。

「見つかった?!」

「いなかった。聞いた?」

「聞いた」

瑠夏がジムニーを見た。

「あの車ね」

「そう」

「質草持ってきた人は、おばあちゃんに訊いたらすぐにわかると思うよ」

そうだと思うけど。

「父さん、先にあの封筒を見てみた方がいいかな？」

ラジオがチカッと光った。

『その方がいいだろうね。それを確認しないことには何も始まらない』

「そうだね」

『すばる、本当に念のためにだけど、手袋をして手紙を開けた方がいいんじゃないか』

そうか、って瑠夏と顔を見合わせた。もしも犯罪にかかわるようなことだったら、余計な指紋とか付けない方がいい。

「うちの白手袋持ってくる！」

瑠夏が飛び出していって、お店に駆け込んですぐに戻ってきた。

「はい」

「ありがと」

〈田沼質店〉でよく使っている白手袋を受け取ってはめて、ジムニーまで歩いて助手席側のドアを開けた。そっと封筒を手にしてみた。

軽い。きっと本当にただの手紙だと思う。シトロエンまで戻って運転席に乗った。

「開けるよ」

「うん」

瑠夏が頷いた。

ただの四角い白い封筒。

よく結婚式の招待状とかに使われるようなやつだと思う。封は閉じられていない。

開けると、中にはやっぱり手紙が、これも地味な無地の便箋が一枚きちんと折られて入っていた。

『すばる、声に出して読んで』

「えーと、〈車を処分してください。めんどうかけてすいません〉」

一瞬、間が空いた。

『それだけ？』

「それだけ」

読んだ僕も拍子抜けしてしまって思わず裏も見返したけど、何にも書いていない。

瑠夏も覗き込んでもう一度読んでいる。

一言、じゃないけど、本当に短い一文だけ。

「本当にそれだけですおじさん」

めっちゃ短い手紙だ。手紙っていうよりただのメモじゃないか。何で封筒になんか入れたんだって思うぐらいの。

『瑠夏ちゃんの眼で見て、男の字か女の字かわかるかい』

「男の人の字だと思います。あまり上手な字じゃありませんけど、何となく味わいのある字に思えます」

『筆記具は何で書かれているかな』

「えーとね」

ライトに当てて見た。

「ボールペンだね。普通の黒のボールペンかな。水性ペンじゃないかな。万年筆じゃないのは確か」

『すばる。その文章は、漢字はちゃんと使っているかい』

「〈車〉と〈処分〉が漢字。あとは全部ひらがな」

〈面倒〉は漢字で書いていない。

『すいません、は、そのままかい。すみません、じゃなくて、すいません、って書いてあるのかい』

「そう。〈すいません〉」

そうか、って父さんは言って何か考え込んでいた。

「〈処分してください〉って、そのままの意味なのかな」

『そういうことだろうね。何故かはわからないけれど。古いジムニーなんだね？』

「そう。かなり古いと思う。これはきっとまともに処分するより、レストアのところに持っていって部品取ってもらった方がいいんじゃないかな」

『まぁ、そうだろうね』

ただ車を処分するのにもお金が掛かることだってあるんだ。それなら古い車を扱うところで引き取ってもらった方が、処分費用を取られないパターンもある。その辺のことは弦さんに聞いてて知ってる。

「どうしてかな」

瑠夏が言った。

「何で、ここに車を置いていったんだろう。うちに来たからついでにってことかな」

『それもまだわからない。ただ』

「ただ？」

『〈めんどうかけてすいません〉という言葉遣いが気になるね』

父さんがまた考え込んで無言になった。

「気になるって」

わりと普通の言葉遣いだと思うけど、そう言ったら父さんはラジオのライトを点滅させた。

『確かにそうだけど、見ず知らずの駐車場の管理人への置き手紙にしては、何か少し親しげな感じが文章からしないかい』

瑠夏が、うん、って頷いた。

「そう思います！」

「そう言われてみれば、そうだね」

めんどうかけてすいません。

うん、確かに少し親しげな感じのする文章だ。

『そもそも、車の処分を置き手紙で頼んでくること自体が、かなりおかしなことだ。単純にいらなくなった車ならどこかの業者に持ち込めばいい。それを、わざわざうちに置いていくというのは』

言葉を切った。

『見覚えはなかったんだね。すばる』

「まったくない」

記憶力はいい方だと思うし、二、三回利用してくれれば顔は覚える。

「今まで来たことはないと思うよ」

そうか、って父さんが言った。

『じゃあ、サエさんに身元を確認してみよう。すばる、今夜は車を引き取りに来る人はまだいるのかい』

「もういない」

『じゃあ閉めよう。閉めてサエさんに、名前や住所を確認してきてくれないか』

質屋では基本的に、質草を持ってきてお金を借りようとする人の名前や住所を確認する。お金を借りるんだからあたりまえだけど、免許証や健康保険証なんかの身分証明ができるものが必要なんだ。

〈田沼質店〉の営業時間は夜九時までだけど、サエさんは毎日寝るまであれこれとお店で仕事をしている。瑠夏と一緒に店に入ったら、まだカウンターの向こうで帳面の整理をしていた。

開業したのはもう七十年も前で、お店の造りも全部その頃のままなんだ。店に入ったらそこは二人掛けのソファと小さなテーブルが置いてある土間みたいな感じで、正面に木製のカウンターがあって大きなガラス戸で仕切られている。お客さんはそのカウンターの上に品物を置いて、ガラス戸の向こうにいるサエさんとお話をする。

サエさんはもうすぐ八十歳だけど、髪の毛はすごくふさふさしていて、そしてきれいな銀髪だ。背は低いんだけど腰もしゃんとしているし眼も老眼鏡は必要だけどちゃんと何でも見える。

「なるほどねぇ。それは奇妙な話だね」

瑠夏と二人でジムニーに乗ってきた男の人のことを話して、置き手紙も見せたらサエさんは首を傾げてそう言った。

「間違いないんだね？　そのジムニーに乗ってきた男がうちに来たのは」

「間違いない。ずっとミラーで見てたから」

ミラーのことはサエさんも知ってるから、そう言った僕を見て、こっくりと頷いた。

「そういうことなら、確認しようかね」

サエさんが帳面を開いた。質屋にやってきた人の身元なんかは、基本的には警察の捜査以外で教えることなんかできないんだけど。

「ええっとねぇ。間違いなく運転免許証で確認したよ。名前は、中村満。満腹の満でみつる、だね」

中村満さん。

やっぱり全然知らない人だ。

「メモしてあげようか。ただし、内緒にしておくんだよ。これは個人情報だからね。本来外に出してはいけない情報だ」

「わかってる」

「年は三十五歳だね」

住所は隣町の栄町だった。どうしてわざわざ隣町からここに来たんだろう。

「初めての人だったの？」

「お初だね。それは間違いない。そして質草は硯だったよ」

「すずり？」

サエさんが老眼鏡を少しずらしながら頷いた。

「硯って、何かわかるかい」

「それはわかるよ。墨をするやつ」

小学校のときに習字の時間でやった。それっきり触ったこともないけれど。サエさんがにこっと笑って頷いた。

「古くてね、いいものだったよ。もちろん中国のものでね。そこらのお店の売値なら百万はするんじゃないかね」

「百万！」

思わず大きな声を出しちゃったけど、瑠夏は全然驚かないで頷いていた。

「うちにあるものでも高い方だね」

「あるんだ」

瑠夏が頷いた。

「けっこうあるよ。十二、三個は蔵の中にあるよね」

「あるね。硯はね、中国のものが良いんだよ」

うん、何かの本でそういう話は読んだことがあるけど、さすが瑠夏は現場で知ってるんだ。

「でも、何でそんなのを持ってきたんだろうね？　その人。書道関係の仕事をしているのかな」

訊いたらサエさんは首を捻った。

「そこはわからないね。盗品じゃあなきゃあ、質草の細かいことは尋ねないのが質屋の筋ってものさ」

「あ、じゃあ盗品じゃなかったんだね」

「あくまでも、今のところ、たぶん、だね。そこまで高いものが盗まれたりしたのがわかったら、ちゃあんと回覧が回ってくる」

その手の話は前に聞いたことがある。確かに質屋は盗品かどうかをその場で見抜くことはできないけど、盗品に関してはリストが入ってくるんだって。

「それに、この中村満さんって人は、きちんとしていたよ。盗品を持ってくる人間はわかるもんさ。そこはこの婆さんの眼を信じなさい」

瑠夏と二人で頷いた。瑠夏から何度も聞かされている。うちのおばあちゃんの、人を見抜く眼はまるで超能力者だって。

「それで、どうするんだい。身元はわかったけど」

「弦さんに相談してみます。車を処分するにしても弦さんにお願いするしかないし」

その辺は父さんに訊いてみてから決めるけど、父さんのことは瑠夏と弦さん以外には教えてないから細かくは言えない。サエさんは、うん、って頷いた。

「まずはそうしなさい。大丈夫かい？　あたしも一緒に動くかね」

「うちの駐車場で起きたことなんだから、代表である僕が責任持ってやるべきこと、でしょ？」

そう言ったらサエさんもにんまり笑った。

「その通りだね。でも困ったらいつでも言ってくるんだよ。何だったらこのまま交番に行って相談した方がいいかもしれない。まぁ弦さんに任せとけば大丈夫だろうけど、あんたはまだガキなんだからね」

「わかってる。ありがと」

瑠夏と一緒に店を出て、シトロエンに戻った。

「ときどき思うんだけどね」

瑠夏が助手席に座りながら言った。

「うん」

「おじさんのこと、うちの人にだけでも言っちゃったら楽なんだけど、どうなるんだろうって」

そう言って少し済まなそうな顔をして僕を見た。

「それは僕もたまに思うけどさ」

『確かに思うね』

ラジオが光って父さんも言った。

『ただ、何か意味があるのかなとよく思うんだ』

「意味？」

『初めて話し掛けたときに、そこにいたのがすばると瑠夏ちゃんと弦さんだけだったことにね』

　そう。父さんが最初にラジオのスピーカーから声を出したときに、そこにいたのは僕たち三人だった。それは弦さんが僕と瑠夏を乗せて、この車を動かそうとしたときだったんだ。

「どんな意味があるかはわからないけど、だね？」

『そういうことだ。確かに他の皆とも話したいとは思うんだけど、それはそのときが来たらわかるんじゃないかなと思うんだよね』

　瑠夏が聞きながら、うん、って頷いていた。

『それで、身元はわかったかい』

「わかった。名前はね、中村満さん」

『なかむらみつる？』

「知ってるの？」

　父さんが少しだけ大きな声を出して、僕と瑠夏はちょっとだけ驚いた。

『年齢は』

「三十五歳」
　三十五、って父さんが呟くように繰り返した。
『住所は、どこに住んでいるんだい』

「栄町」

住所を言うと、父さんは少し考え込んだふうに黙り込んだ。

『みつる、は、満員の満かい』

「そう」

『ひょっとするとそれは、父さんの教え子かもしれない』

「教え子？」

そうか。

「それなら、ここに車を置いていった理由になるかもしれない！」

『その通りだね。もちろん同姓同名の可能性もあるから断言できないけど、年齢も確かそれぐらいになっているはずだ』

「だから！」

瑠夏が、軽く手を叩いた。

「〈めんどうかけてすいません〉って、親しげな感じ！」

『そういうことかもしれない。ただ、もしも教え子だった〈中村満〉くんだったとしても、父さんはもう二十年近く会っていないんだ』

「中学卒業以来ってことだね」

大体そうだ、って父さんは言った。

『そもそも彼が父さんが死んだことを知っているかどうかもわからないが、その手紙の表書きを考えると知っていたってことなのかな。まだ本人と決まったわけでもないけれど』

そういうことになるのか。

「〈駐車場の、管理人さんへ〉って書いてある。父さんが死んでここが駐車場になっていることを知らないと書けないよね」

『そういうことだ』

「教え子さんってことは、中村満さんの家っていうか、実家はこの町にあるんですよね。就職して栄町に住んでいるとか？」

瑠夏が言うと、父さんは少し黙った。それから、ラジオがチカチカッて光った。

『プライベートなことになってしまうけど、彼の家はもうこの町にはないんだ。ご両親は、彼が十四歳のときにお亡くなりになってね』

えっ、って瑠夏も僕も声を出して顔を見合わせてしまった。

「お父さんもお母さんも、二人とも？」

『車の事故だったんだよ』

父さんが小さく息を吐いた。不幸な事故だったね、って小さい声で言った。

『まだはっきり覚えているよ。彼が中学二年生のときだ。父さんはそのときに、彼のいたクラスの担任だった』

数学の授業中だったって父さんは続けた。

『その時間は授業がなくて職員室であれこれと仕事をしていたときだ。警察から電話が入ってね。父さんが電話口で話をした』

教室に迎えに行ったのも、驚いていた中村満さんをタクシーに乗せて病院まで一緒に行ったのも担任の父さんだったって。

そういう話は、僕たちだって思わず溜息が出ちゃう。瑠夏が悲しそうな顔をしていた。

「キツイよね」

「うん」

親が死んでしまったのは僕も同じだ。でも僕の場合は父さんが病気で死んでしまうのは事前にわかっていたけど、中村満さんは本当に突然だったんだ。しかも二人ともいっぺんに。

「どうしようか父さん。サエさんはこのまま交番に相談してもいいんじゃないかって言ってたけど」

チカチカッとラジオが光った。

『いくら用立てたのか訊いたかい』

「五十万だって」

ものすごい大金だ。でも、それだけ貸しても何も問題のないいい質草だったってサエさんは言っていた。

五十万か、って父さんが呟くように言った。

『教え子の中村くんじゃないとしても、気になるのは車を処分してくれと頼んでどこかへ立ち去ったことだ。普通に考えるとそのまま自殺でもするんじゃないかって気になってしまう』

瑠夏が、ピクッと身体を震わせた。

「それは僕もちらっと思った」

乗ってきた車をそのまま置いてって処分してくれ、なんて、普通の感覚の人だとしたらそれ以外の理由が思い当たらない。

『ただ、人間どんな悩みや理由があろうと、大金を持っているのなら気持ちが大きくなる、あるいは落ち着くはずだ。自殺しなければならないほどの借金があったとしても、それほどの質草があり五十万もあるなら、どうにか少しは凌げるだろうことは想像できる』

うん、って瑠夏と二人で頷いた。それも、そうだと思う。

『何よりもまずは、教え子の中村くんかどうかを確定しよう。手紙を置いて行ったことを考えても中村くんのような気がしてしょうがないんだが』

「でも、どうやって捜す？」

中村満さんのことは、父さんしか知らない。僕と瑠夏じゃ捜す手段がほとんどない。

「電話してみる？」

サエさんがメモしてくれた中村さんの個人情報には、もちろん携帯の電話番号も書いてある。父さんが考え込んだように少し黙った。

『免許証の住所へ行ってみても、いない可能性の方が高いだろう。携帯に電話してみて、もしも教え子の中村くんじゃなくまったく関係ない人だったら、そして電話したことで大きなトラブルになってしまったら田沼さんにも迷惑が掛かってしまう。個人情報を漏らしたってことで、下手すると営業停止になってしまうだろう』

瑠夏が唇を結んで、少し顔を顰めて頷いた。

「お客さんの個人情報は、犯罪以外ではゼッタイに守らなきゃなりません」

その通りだ。僕も何度も聞かされている。

「おばあちゃんから電話してもらいますか？」

それなら、質屋からの確認の電話だから、個人情報の漏洩にはならないって瑠夏は言った。

『いや、それにしたって電話に出ないかもしれないし、出たとしても今どこにいるとか、あるいは出身中学はどこかなんて訊くのはあまりにもおかしいだろう。それこそ田沼さんに迷惑を掛けてしまうかもしれない』

「そうなるよね」

経験はないけど、質屋からお金を借りていきなりそんな電話が掛かってきたらとんでもなく困惑してしまうと思う。

「〈田沼質店〉の評判にもかかわっちゃうよね」

『その通りだ。しかし、彼だとしても、どこへ行ったかなんて、卒業以来会っていない父さんはいくら考えてもわからない。だとしたら』

「だとしたら？」

『近くにいる、中村くんの同級生に相談してみるしかないと思う』

近くにいる同級生。

「父さんの教え子の一人？」

『そうだ』

「誰ですか？」

瑠夏が訊いた。そんな人いたっけ、って頭の中で知ってる父さんの知り合いのことを一瞬ぐるぐる思い浮かべながら考えた。

「淳ちゃん刑事さん？」

『いいや、彼は年齢が違う。中村くんと同じ年なのは稲垣くんだよ』

「稲垣？」

瑠夏と二人で同時に言ってしまった。

稲垣、さんって。

「あ」

瑠夏が大きく口を開けた。

「花乃子さんの?!」

「花乃子さん？」

思わずポン！　と腿の辺りを叩いてしまった。

そうだった。〈花の店にらやま〉の花乃子さんの、結婚相手。旦那さんになった人は、稲垣信哉（しんや）さんだった。今は韮山（にらやま）花乃子じゃなくて、稲垣花乃子さんなんだ。

僕は出ていないけど、結婚式や披露宴は、さすがお花屋さんの結婚式！　って感じの本当に花がいっぱいの式だったらしい。

「あの、お坊さんだった人だよね」

『そうだ』

「父さんの教え子だったの？」

『そうだよ。きっと父さんのお葬式にも来てくれていたとは思うけど』

それならたぶん来ていたんだと思う。父さんのお葬式のときの僕は、ただもう葬儀に来てくれたいろんな人に挨拶するのにいっぱいいっぱいで、とにかく商店街中の人や同級生がたくさん来てくれたってことしか覚えていない。誰と何の話をしたのかもさっぱりわからない。

『稲垣くんも中学二年生のときには、中村くんと同じで父さんのクラスだったんだ。ひょっとしたら、中村くんは稲垣くんに会いに来たってことも考えられる。さっきから思い出そうとしていたんだが、中村くんと稲垣くんは親しげにしていた記憶があるんだ』

「それは考えられますね！」

確か、花乃子さんは。

「花乃子さんは稲垣さんと結婚して〈花の店にらやま〉から引っ越したんだよね？」

「そう！　二丁目南のアパートに住んでる！　私、知ってるよ」

僕も聞いたような気がするし、そのアパートも何となくはわかる。確か新築の一戸建てが二棟くっついたようなきれいなアパート。

「じゃあ、すぐに花乃子さんの家に」

シトロエンを出ようとした瑠夏の腕を慌てて摑んだ。

「ちょっと待ってよ。どうやって稲垣さんに説明するのか考えないと」

「説明？」

「そうだよ。どうして〈中村満〉さんが稲垣さんの同級生だって知ったのか、うまいいいわけを考えないと」

そっか、って瑠夏が座り直した。

父さんのことは、僕と瑠夏と弦さん以外知らないし、教えたところで信じてもらえないだろうし、そんな話が広まってしまったらどうなるかわからない。

「まず、〈中村満〉さんの出身中学を知る方法は？　だよね。おじさんの荷物の中に卒業アルバムがあるとかは？」

「あるけど、いきなりそこに辿り着くのは無理だよ」

「無理かー」

今の段階で、父さんから聞いた話を全部なしにしてしまったら、僕と瑠夏が知った情報は中村さんの免許証とサエさんから聞いたものだけになるんだ。名前と住所と電話番号だけ。

「車の中に何かあるとか」

瑠夏が言った。

「あるかもしれないし探してもいいけど、処分してくれって置いていった車に何か残してあるとは思えない」

「それは、そうだね」

『すばる』

ラジオが光って父さんが言った。

『まずは稲垣くんを呼び出してくれないか。稲垣くんの携帯の番号は、うちの住所録を探せば書いてあったはずだ』

住所録か。父さんが使っていた赤い表紙のそれはここに置いてある。生きていた頃には年賀状を出すときにいつも使っていて、それこそ教え子の住所とかもたくさん書いてあったはずだ。

「呼び出すの？」

『そうだ。ちょっと訊きたいことがあるので、申し訳ないけどここに来てもらえないかって。弦さんも呼んで車で待っていてもらおう』

「呼び出して、どうするの？」

『父さんが、話をする』

えっ！　って瑠夏と二人でびっくりしてしまった。

「話すの⁈」

『話す』

「大丈夫ですか⁈」

瑠夏も眼を丸くして言った。三人以外には誰にも内緒にしていた、父さんがここにいるっていう秘密。

『中村くんは、十中八九教え子の中村満くんだと思う。そうじゃなきゃ置き手紙をしていった説明がつかない。彼が父さんが死んだことを知っていたか知らないのか、どちらの可能性もある。いずれにしても、彼の身に何かが起こっていることは間違いないところだと思う』

言葉を切った。ラジオがチカチカ何度も光った。

『父さんは、教師だ。そして教え子は、何年何十年経とうと父さんの大事な、大切な生徒だ。何かあったのなら守ってやらなければ、そして何かを起こしてしまったのならそれを正しく理解してあげなければならない存在だ。きっと中村くんに、一大事が起こっているのに違いない。教え子の一大事に秘密だ何だと言ってられない』

それは、わかる。

いつも父さんはそう言っていた。教え子は、自分の子供である僕と同じぐらい、大切な子供たちなんだって。

「でも、稲垣さんに話したら」

『彼なら、きっと大丈夫だ』

父さんがはっきりと言った。

『中学生の頃から彼は聡明な生徒だった。すばると瑠夏ちゃんは知らないだろうけど、彼の過去に起こったある大変な出来事も父さんは知っている。それを乗り越えた強さと優しさを持った男だ。何よりも、一度は僧籍に身を置いた彼は、死というものを、生というものを、深く深く思える人間だ。父さんがこんな形で、魂となってまだ生きていることもしっかりと理解してくれるだろう』

もちろん会ったことも話したこともあるけど、僕は稲垣さんのことはほとんど何も知らない。学生の頃から花乃子さんの恋人だったけど、結婚するのにちょっと時間が掛かったってこと。それから一度お坊さんの修行をしたけれど、結婚してからは卒業した大学の関係のどこかで働いているってこと。それは農学部だったので、将来は〈花の店にらやま〉を大きくするためにって。

それぐらいだ。

でも、父さんがそこまで言うんなら。

「大丈夫なんだね」

『大丈夫だ。父さんはそう信じている。急いで連絡してくれ』

弦さんを呼んで、瑠夏が急いで事情を説明して、僕は住所録にあった稲垣さんの携帯に電話した。

（はい、稲垣です）

稲垣さんの声って聴く度に思うけど、声優さんみたいに響きのいい声なんだ。

「すみません、〈カーポート・ウィート〉のすばるです」

（あぁ！　すばるくんか）

「夜分にすみません。今、電話大丈夫ですか」

（大丈夫だよ。どうしたの）

「あの、稲垣さんは、うちの父の教え子でしたよね」

（もちろん、そうだよ。麦屋先生だった）

「稲垣さんの同級生の中村満さんのことでご相談があるんです。できれば、あのできるだけ周りの方には内緒で、今うちに来てほしいんですけど。駐車場の赤い車、シトロエンまで」

（満の？）

稲垣さんが小走りで向かってくるのが見えたので、シトロエンの外で出迎えた。稲垣さんは、偶然だろうけど白のシャツに黒のスキニージーンズっていう恰好だった。

「すみません突然」

お辞儀をしたら、稲垣さんはいやいや、って軽く手を振った。

「弦さん、お久しぶりです。瑠夏ちゃんも」

「今晩は」

瑠夏が言って、弦さんは軽く頷いた。稲垣さんは少し真剣な顔をしてシトロエンを見たから、ひょっとしたら中村さんがそこにいるのかと思ったのかもしれない。

「何か、あったんだね？」

「説明します。シトロエンの助手席に乗ってください」

「助手席に？」

稲垣さんはちょっと顔を顰めたけど、そのまま助手席に乗ってくれた。僕は運転席で、瑠夏と弦さんは後ろのソファに座った。

シトロエンは、電源や水道を外してすぐにでも動かせるようにしておいた。

「稲垣さん」

「うん」

「ちょっと驚くと思いますけど、冗談でも悪ふざけでもないんです。現実っていうか、本当のことなんです」

稲垣さんが身体ごと横に向いて、運転席の僕を見た。

「わかったよ」

ラジオがチカチカッと光って、何だ？　って感じで稲垣さんがラジオを見た。

『稲垣くん。私だ。麦屋司だ』

跳び上がったりはしないだろうなって思っていたけど、やっぱり稲垣さんは冷静だった。えっ？　って感じで顔をラジオに少し近づけて、それから僕を見たので、ゆっくり頷いた。

「父さんです。死んじゃったけど、ここで生きているんです」

『これは録音でも、もちろんコンピュータの悪戯（いたずら）でも何でもないんだ。驚かせて申し訳ないが、私は死んでしまったけど、ここでこうして魂になって生きていたんだ。あの日からずっとね』

稲垣さんが少し口を開けたまま後ろに座っている弦さんと瑠夏を見た。二人とも、黙ってただ僕と同じようにゆっくり頷いた。

「本当だ。信じられなかったけどな、俺が保証する」

弦さんが言った。

「そうなんです。この車に、シトロエンに乗り移っちゃったんです。魂だけが」

瑠夏もそう言って、稲垣さんがもう一度僕を見て、それからラジオを見た。

「麦屋先生？」

『そうだ。久しぶりだね。死ぬ前に君と花乃子ちゃんの晴れ姿を見たかったんだけど、それが心残りだった』

稲垣さんは、大きく息を吸って、ゆっくり吐きながら、苦笑いみたいな笑みを浮かべた。

「手を合わせた方がいいんでしょうか」

『君ならそうしたくなるだろうけど、あいにくミラーに映ったもの以外は見えなくて声が聞こえるだけなんだよ。だからといってお経は上げなくてもいいからね』

思わずって感じで稲垣さんが今度は何だか嬉しそうに笑った。

「残念です。修行の成果を先生に聞いてもらえるかと思ったのに」

# 七　駐車場とネコと

正直、稲垣さんを納得させるのに時間が掛かるんじゃないか、ひょっとしたらこんなイタズラするなって怒って帰っちゃうかも、なんて思ったけど、そんなことは全然なかった。

稲垣さんは本当にすぐに嬉しそうな、懐かしそうな顔をして、ラジオの向こうの父さんと話をしたんだ。

「まさか、麦屋先生とまた話せるなんて」

そう言って稲垣さんは両手を軽く合わせて、それから僕を見て苦笑いした。

「もうお坊さんじゃないのにね。こういうことがあるとつい手を合わせてしまう」

弦さんも瑠夏も少し笑っていた。

「あの、本当に信じてもらえました？」

思わず言ってしまった。稲垣さんは、すぐに頷いて、もちろん、って笑った。

「いや、確かに信じられないような話だけど。すばるくんや瑠夏ちゃん、弦さんまでもが揃って僕をこんなことで騙したって何の意味もないし、するはずもないだろう？」

「しません」

「だから、真実なんだよ。麦屋先生がこうして魂となってここに生きている。それは、事実なんだ。そして」

稲垣さんはまた微笑んだ。

「びっくりしたけど、嬉しくてたまらない。麦屋先生は、本当に、恩師なんだ。先生が僕の先生でいてくれたからこそ、今の僕がいる」

ラジオがチカチカ光って、父さんは何も言わないけどきっと照れてる。

「先生、元気なんですよね？」

『元気だよ。元気なんですよね？』

『元気だよ。そう言っていいかどうかはわからないんだけどね』

「それで」

稲垣さんが真面目な顔をして、少し辺りを見回してからラジオに向かって言った。

「昔話は後でゆっくりできますよね」

『もちろんだよ。私のことは、皆には内緒にしてほしいけど』

「わかってます。中村が、満がどうしたんですか？」

僕が説明した。

ジムニーに乗ってきた人が質屋に入ったこと、ジムニーの中に置き手紙をしていったこと、質屋さんで確認したら免許証で中村さんだってわかって、父さんが昔の教え子じゃないかって。それで、父さんが中村さんに一大事が起きているんじゃないかと、稲垣さんを呼んで自分のことも含めて事情を説明しようと決めたこと。

稲垣さんはじっと話を聞いて、大きく頷いた。

「これが、置き手紙です」

渡すとメモの文面を読んだ。

「満の字なんか覚えていないけど、確かにあいつらしい文面と言えばそうですね」

『稲垣くんは、中村くんと親しかったように覚えていたんだが』

はい、って稲垣さんは頷いた。

「仲が良かったです」

『卒業してからは？』

「何度かは会っていました。といってもここしばらく会っていなかったんですけど、携帯の番号は知っていたので、メールなんかで連絡はたまに取り合っていました。結婚式に来てくれて、それで二年ぶりに会ったんです」

結婚式に来たんだ。

「じゃあ、本当に仲の良い友達だったんですね」

そうだね、って稲垣さんは頷いた。

「いつも会っている親友、とまでは言えないけれど」

言葉を切って、稲垣さんは少し考えるふうにして微笑んでから、ラジオに向かって言った。

「先生なら事情をわかってくれると思いますけど、あのことがあった後、すぐに連絡をくれた中学の同級生は満だけでした」

あのこと。

ラジオがチカチカ光った。

『あの事故の後にかい』

「そうです」

事故。

何かが昔にあったんだ。

それはさっき父さんが言っていた、稲垣さんの過去に起こったある大変な出来事のことだろうとは思った。瑠夏と僕は知らないだろうって言ってた。弦さんをちらっと見たら、唇をまっすぐにして小さく頷いたから、弦さんは知っているんだ。

「病院に会いに来てくれました。あいつは、おかしな表現ですけれど、違う立場で同じような経験をしたからでしょうね。僕の怪我のことはもちろん、胸の内を心配してくれたんです。大丈夫かって。その後も何度も」

『そうか』

ラジオがチカチカッと光った。父さんは何もかもわかっているんだ。同じような経験っていうのは、中村さんのご両親が事故で亡くなったことだろうか。

いろいろわからないことだらけだけど、たぶん、それは今は僕たちは知らなくていいことだ。

『それで、どうかかな。中村くんがどこに行ったかわからないかい。いやその前に、本当にあのジムニーの持ち主が教え子の中村くんかどうかを確かめないと』

「たぶん、間違いないです。あいつはジムニーに乗っていたはずです。それと携帯の番号はわかっているんですよね？」

「わかります。メモしてもらいました」

後ろから瑠夏が言って、メモを差し出した。稲垣さんが自分のスマホを取り出して操作して、瑠夏のメモと見比べた。

「間違いないです。この電話番号は満のです」

決定だ。ジムニーを置いていった中村満さんは、父さんの元教え子で、稲垣さんの同級生。

『すぐに電話してみてくれないか』

「はい」

稲垣さんがスマホを操作して、耳に当てた。呼び出し音が響いているんだろう。その間皆でじっと耳を澄まして待っていたけど。

稲垣さんが顰めっ面をしてスマホを耳から離して、切った。

「出ません。電源は切っていないようですけど」

『そうか』

「僕の携帯番号はあいつも登録してあるはずですから、あえて誰の電話にも出ないのか、それともどこかに置いたままにしてあるのか」

うーん、って皆で考え込んでしまった。

『彼の家の住所もわかっているんだが、職場は知っているかい。今どんな仕事をしているのか私は知らないんだけど』

「あいつは」

そう言って稲垣さんはちらっと弦さんを見た。

「自動車の整備工をやっていました」

「整備工?」

弦さんが少し眼を大きくした。弦さんと同じ職業だったのか。

『それは』

父さんがちょっと驚いたみたいに、声を出した。

『まったく知らなかったが、自動車の?』

「そうなんです。あいつは専門学校に行ったんですよ。僕もちょっとそのときには驚いたんですけど。職場の整備工場は知っています。小さなところで住み込みなので、家の住所と同じですよ」

住み込み。

「工場に、寮みたいに部屋があるってことですか」

「たぶんそうだね。僕も一度も行ったことはないけれど」

ラジオが光った。

『そこ以外に、中村くんが行きそうなところは』

稲垣さんがまた顔を顰めた。

「さっきから考えているんだけど、思いつかないんです。あいつと会うときにはいつも居酒屋とかそんなのばかりで」

父さんが溜息をついたような気がした。

『稲垣くん、申し訳ないが一緒に行ってくれるか。その中村くんの職場と家へ』

「もちろんです。この車でですか」

『そう。すまないけど、私はここでしか話せないんだ』


栄町までは車で三十分ぐらいだ。シトロエンを走らせることはあんまりしないんだけど、弦さんがいつも整備してくれているから、いつ走らせても平気だ。

駐車場には一応ポールを立ててチェーンを回して車が入れないようにするけれど、弦さんには自分の家で留守番をお願いした。チェーンには何かあったら弦さんの家へ回るようにって書いた看板を掛けてあるんだ。

瑠夏も一緒に行くって言うのでそのまま後ろに乗ってってもらった。稲垣さんも助手席に座ったまま。

車の運転には、自信がある。どんな車でもどんな状況でも、ものすごいスピードで走らせることもできると思うけど、今はそんな状況じゃあない。何よりスピードを出し過ぎたら父さんに怒られるんだ。怒るっていうより、文句を言う。何でも自分の思っているよりスピードを出されると、船酔いするような気持ちになるそうだ。

稲垣さんが花乃子さんに電話していた。僕と瑠夏と一緒にいるんだけど、ちょっと事情があって遅くなりそうだって。後で詳しく話すからって。

稲垣さんって、整った顔立ちをしてると思う。イケメンとは言えないかもしれないけど、真面目そうな誠実そうな顔だ。〈花咲小路商店街名誉看板娘〉の花乃子さんと並んでいるとすごく似合う。

ラジオがチカチカ光った。稲垣さんの頭が動いてラジオを見たのがわかった。

『中村くんが整備工になったというのは、その理由を聞いているかい』

稲垣さんが、小さく頷いた。

「聞きました。いつだったかな。専門学校を卒業する頃だったと思います」

そこで、気づいた。

そうか、中村さんはご両親を車の事故で亡くしているんだった。自分の家族を交通事故で、車で失ったのに、その車の整備工になったっていうのは。

それで、父さんは少し驚いていたのか。

『君にこういうことを言うのは心苦しいが、彼は、車を憎んでいたように思うんだが』

「はい」

声に、何か申し訳なさそうなニュアンスがあったような気がする。

「僕に気を遣わなくてもいいです。もう、乗り越えたつもりですから」

そう言ってから稲垣さんは、たぶん僕と後ろの瑠夏の顔を見た。

「こんな話をしても、すばるくんと瑠夏ちゃんはわからないよね」

「えーと」

素直に頷いた。

「わかんないです」

「私も」

「わかんないですけど、別に話さなくていいですよ。父さんと稲垣さんの間でわかっているなら」

ハンドルを握りながら言った。

「秘密ってことでもないからね。商店街の大人なら、ほとんどの人が知っている話だし」

一度言葉を切った。運転してるから稲垣さんがどんな顔をしているのかわからないけど、瑠夏が前に身を乗り出してきたのはわかった。

「僕はね、花乃子の両親を乗せて車を運転していて、事故に遭ったんだ」

「えっ」

「それで、花乃子の両親を死なせてしまった。僕だけが助かったんだ」

ラジオが光った。

『死なせたのは、君ではない。百パーセント向こうの責任だった。君に過失はない』

稲垣さんが少し下を向いたのがわかった。

それか。

そういうことだったのか。

知らなかったけど、何となく商店街の皆が稲垣さんと花乃子さんの結婚を、なんか、とんでもなく喜んでいたって言うか、本当に良かったみたいな、ちょっと大げさ過ぎるんじゃないかって思ったぐらいに賑やかに騒いでいた理由は。

瑠夏が、何にも言えないでいるのが伝わってきた。

わかった。

それで、その事故で稲垣さんは一人生き残って入院してしまった。そこに中村さんがお見舞いに来てくれたんだ。

車の事故で両親が死んだっていう過去を持っていた中村さんが、事故で恋人の両親を死なせてしまった稲垣さんを心配して。

そんなことがあったんだ。

「良かったです」

前を向いて運転しながら言った。稲垣さんが僕を見たのがわかった。

「花乃子さんと稲垣さんの結婚を、商店街の大人の人たちが本当に喜んでいたんです。僕たちも、子供の頃からよく知ってる花乃子さんが幸せになって嬉しかったんだけど、大人たちが皆心の底から喜んでいたその理由がわかって、良かったです」

後ろで瑠夏が頷いていた。

「おめでとうございます。僕は結婚式には出られなかったし、花乃子さんにしかお祝いを言ってなかったから」

稲垣さんが少し恥ずかしそうに笑ったのがわかった。

「ありがとう。そういえば前に花乃子がね、言っていたよ」

「何をですか」

「すばるくんと瑠夏ちゃんの結婚式には、このシトロエンを花でいっぱいに飾ってあげるんだって」

「えー、嬉しいです」

後ろで瑠夏がニコニコしたのがミラーでわかった。普通の十九歳の男女ならここで少し恥ずかしがるところだけど、僕と瑠夏はもうずっとそんなふうに言われてるから全然慣れっこだ。それもどうかと思うんだけど。

『ありがたい話だけど、まだ早いからね』

父さんが言って、皆で笑った。

『それで』

「すみません、話が寄り道しちゃいました」

稲垣さんがまた話し出した。

「僕も訊いたんですよ。車の整備工を職業に選んだのはどうしてなんだって。一時期、あいつはバスにさえ乗らなかったですから。そうしたら」

『うん』

「あいつのお父さんが、車が大好きだったのを思い出したって」

お父さんが。

「小さい頃からよくドライブに連れて行ってもらっていたそうです。休みの日の単なるお買い物でも、お母さんが買い物している間に、お父さんは駐車場であいつを運転席で膝に座らせて、ここにキーを入れるとか、ウインカーはこうするとか、ハンドルはこうだって、車の運転の仕方を教えてもらっていたそうです。満自身も十八歳になったらすぐに免許を取るつもりでいたんだって」

僕も、そうだ。じいちゃんによくそうやってもらっていた。今は駐車場になったあそこで。

「時間が経って、ようやくそういうことを思い出せたんだって言ってました。それに、自分が車を整備することで、少しでも世の中の事故が減ってくれればいいなと考えるようになったって」

『それで、整備工にかい』

「はい」

『そうか』

そういうことか、って父さんが呟くように言った。僕も瑠夏も何にも言えないから、ただ黙って頷いていた。

中村さんは、人生を選んだんだって思う。稲垣さんも花乃子さんも、そして中村さんも。自分で自分の人生を選んでその道を歩いているんだなって。

どうにもならない出来事が生きていくうちには起こるもので、それは母さんがいなくなって父さんが死んじゃった僕もすっごくよくわかるけど、その出来事も自分の人生なんだって思って、生きていってるんだ。

「僕は、大学で農学部に行ったんだけど」

稲垣さんが僕に向かって言った。

「はい」

それは知ってた。確か柊さんか柾さんに教えてもらったんだと思う。

「その道を選んだのはね、麦屋先生がいたからなんだよ」

「えっ」

父さんは国語の先生だ。農学にはまったく関係ないけれど。ラジオがチカチカ光った。

『私はあまり関係ないと思うが』

「いや、先生が宮沢賢治の『グスコーブドリの伝記』を教えてくれたからですよ。あれから僕は宮沢賢治をよく読むようになったんです」

宮沢賢治か。それなら僕もけっこう読んでいるから、農学部っていうのもよくわかる。

「それに先生は学校の花壇の管理をよく女子とやっていたじゃないですか。僕も頼まれて何度か土を運んだり水やりしていました。そういうこともあって、僕は農学部を選んだんですよ」

『それは嬉しい話だが、花乃子さんが彼女になった影響の方が大きいんじゃないかな』

父さんがそう言って笑った。稲垣さんもきっと恥ずかしそうに笑っていたと思う。そうか、もう高校生の頃から花乃子さんと稲垣さんは付き合っていたんだな。

「もうそろそろ着きますね」

中村さんの職場。もちろんここにいるとは思えないけど、どこへ行ったかなんて手掛かりはここにしかないんだ。

「ここですね」

国道沿いにスーパーみたいなものがあって、その裏は住宅街になっているんだけどそこの角地に〈北乃整備〉って看板がある。そこそこ敷地はあるけれど、そんなには大きくない整備工場。

「なんかものすごく懐かしいっていうか、親しみを感じるというか」

「〈麦屋車体工業〉もこんな感じだったよね」

瑠夏が言った。そうなんだ。うちよりも敷地は大きいけれど、全体の雰囲気は一緒だ。

『まぁ、整備工場はどこでもそんな感じだろう』

父さんが言った。

『個人経営でしかも住み込みの部屋があるのなら、当然経営者もここに住んでいるんじゃないかな』

「そうだよね」

でも、真っ暗だ。まぁもう営業時間は終了しているからだろうけど。

「裏に回ってみようか」

車を走らせてぐるっと回ったら、工場の裏手に住居みたいなところがあって、明りがついている。

「でも、なんか」

瑠夏が言った。

「雰囲気、寂れているね」

「うん」

活気がない。仕事が終わってるんだから静かなのはあたりまえだけど、それにしても全然雰囲気が悪い。

「行ってみよう。とにかく満の話を聞いてみなきゃ」

「はい」

『稲垣くん、すまない。私は動けないから』

「わかってます。僕とすばるくんで話を聞いてみます」

「私も行きますよ！」

瑠夏がすぐに後ろのドアを開けて、降りた。稲垣さんと三人で住宅っぽいところまで歩いて、インターホンがあったので押した。

ピンポーンって音がして、しばらく間があって、瑠夏と顔を見合わせた。稲垣さんも辺りを見回した。

「いないのかな」

瑠夏が呟いたときに、中の電気が点いてカチャッて音がして、扉が開いた。

中から顔を出したのは、おじさん。

くたびれた感じの。

☆

エンジンを掛けっ放しにしておいたシトロエンに戻ったら、すぐにラジオが光った。

『どうだった』

「うん」

『その様子じゃあ、何もわからなかったか』

「硯の出所はわかりました」

瑠夏だ。

「あそこの工場の社長さんの持ち物でした。お祖父さんから貰ったもので、長年働いてくれた中村さんに退職金と一緒にあげたそうです。生活費の足しにしてほしいって」

『退職金？』

「ここ駐車禁止だから車出すね。戻りながら話すから」

車を出して、国道を走りながら父さんに説明した。

〈北乃整備〉は倒産してしまったんだ。それは一ヶ月前のこと。そしてこの工場も住居も敷地もとにかく全部売り払ってしまうことになった。

「社長さんと奥さんは、奥さんの実家がある福井に行くんだって」

従業員は全部で三人いたけど、全員もちろん解雇。三人ともここに住んでいたんだけど、最後まで残っていたのが中村さん。明日でここを出なきゃならなくなっていた。

「社長さん、中村さんは明日の朝出ていくんだとばかり思っていたって。次の就職先を世話できなくて、申し訳なくてなぁって少し泣いていた」

二十歳ぐらいからずっと中村さんは働いていたそうだ。だから息子みたいに思っていたって。これからどうするのかって何度か訊いたけど、中村さんは何とかなるから心配しないでくれって笑っていたって。

「今夜、出ていったのも知らなかったそうです。社長さんもその場で携帯に電話してみてくれたけど、出ませんでした」

稲垣さんが言った。

『そうか』

本当に、これでどうしようもなくなっちゃった。

「どうしようか、父さん」

ラジオが光った。

『稲垣くんも、たとえば他の同級生で親しい人間とかは知らないんだろう』

「わかりません」

稲垣さんが少し悔しそうに言った。

「中学校の同窓会の名簿はありますから、家に戻って片っ端から電話を掛けることはできますけど、僕自身今も親しく付き合いのある同級生はほとんどいなくて、満もそのはずです。今までもそんな話は出ていませんから」

『そうか』

それなら本当にもうどうしようもない。車で走り回ったって見つかるはずもないし。

「質草の硯を引き取りに来ることを願うしかないのかな」

瑠夏が言った。

『そうなってしまうか』

中村さんは五十万円を借りたんだ。それは貸したお金だから返してもらわなきゃならない。でも、質屋は基本的にそれが流れてもいいようなお金しか貸さない。つまり、質草である硯を売れば回収はできるんだ。

しばらく無言が続いて、僕も黙って〈花咲小路商店街〉に向かって車を走らせていたんだけど。

黒電話の音が、車内に鳴り響いた。

皆の身体がピクッ！　って動いた。

この呼び出し音は僕のじゃないし瑠夏のでもない。稲垣さんが慌てたように自分のスマホを取り出して、そしてびっくりしたような顔をして僕を見た。

「満だ！」

中村さん?!

稲垣さんがスマホの画面をスライドしたのがわかった。

「もしもし。満か！」

勢い込んで稲垣さんが電話に出た。

「うん、電話したよ。お前、え？　駐車場？　そうだよ。お前、車を麦屋先生のところの、〈カーポート・ウィート〉に。うん、うん」

話しながら稲垣さんが僕をちらちら見ているのがわかった。

「そうだよ。お前なにやってるんだ。うん、戻ったのか？　ネコ？」

ネコって何だろう。

「ネコって何だ。わからないのか。うん、とにかくわかった。そこにいるんだな？今、駐車場に戻っている途中だ。あと十分かそこらで着くから、そこで待ってろ。うん。必ず待っていろよ？　うん、わかった」

電話を切って、稲垣さんは少し息を吐いた。

「満でした。生きてましたね」

ラジオがチカチカ光った。

『どこにいたんだね』

「今、〈花咲小路商店街〉にいるそうです。〈カーポート・ウィート〉に向かうって」

「うちに？」

「そう。戻ってきたって言って」

「戻ってきたって、どこかへ行ってたんですね？」

瑠夏が訊いた。稲垣さんは頷いた。

「わからないけど、ネコみたいな女に怒られて戻ってきたって」

「ネコみたいな女？」

『ネコって』

父さんと僕と瑠夏と同時に言って、僕は思わず稲垣さんの顔を見てしまった。

「そう言ってたんだ」

稲垣さんも困ったように言った。

ネコみたいな女って。


電話しておいたので、弦さんがチェーンを外して待っていてくれて、そのままいつもの場所にシトロエンを停めた。

弦さんの横に、中村さんが立っていたんだ。稲垣さんがすぐに降りていって、声を掛けた。

「満、お前」

「ごめん、悪かった」

中村さんが、ちょっと苦笑いして右手を上げて謝ってる。

「稲垣さん」

窓を開けて運転席から声を掛けた。

「中で話しましょう」

稲垣さんが、あぁ、って頷いた。僕も車を降りて、すぐに電気と水道を車に繋いでストッパーもタイヤにかけた。瑠夏が後ろのドアを開けて「どうぞ」って皆を入れて、自分は助手席に移った。弦さんが入ってきて、それから中村さんと稲垣さんが続けて入ってきた。大人の男性が三人も入るとさすがにちょっといっぱいだって感じる。

中村さんは、なんか眼を輝かせてシトロエンの中に入ってきょろきょろしている。

「すごいな」

「すごいだろう」

稲垣さんが言って、運転席に戻った僕に手を向けた。

「麦屋先生の息子さんの、すばるくんだ」

「あぁ！」

中村さんが頷いてすごく嬉しそうな顔をして僕に向かって右手を出してきて、握手した。

「さっき車を置いたときに、きっとそうなんだろうって思ったんだけど。中村です！　麦屋先生には本当にお世話になって」

　そうやって早口で言って、でもすぐに少し顔を歪めて頭を下げた。

「麦屋先生が亡くなったのは後で知ったんだ。葬儀に顔を出せなくて、すみませんでした」

「いえ、そんな。ありがとうございます」

　ラジオを見たけど、光らない。きっとじっと聞いているんだ。だから、中村さんが頭を下げた瞬間に稲垣さんに向かって、唇に人差し指を当てて合図した。まだ黙っていてくださいって。

　稲垣さんが、小さく頷いた。

「それはいいとして、満」

「わかってる」

　中村さんが右手を上げた。

「勝手に車を置いていって、しかもはた迷惑な置き手紙なんかしていって申し訳ない。すみませんでした」

　それから、助手席の瑠夏を見た。

「質屋の娘さんですってね」

「あ、はい」

「質草を流すみたいないなくなり方をして心配させてすみません。ちゃんと借りたお金は返しておきました」

え？　って瑠夏と顔を見合わせてしまった。

「もう返したんですか」

「つい、さっき。硯はジムニーに置いてあるよ」

弦さんが僕を見て頷いたので、ここに戻ってきてすぐに返したんだ。稲垣さんが顔を顰めた。

「何がどうなって、こんなややこしいことをしたんだ」

稲垣さんが、ちょっとだけ怒ったみたいな顔をした。中村さんは、苦笑いして頭を掻いて、頷いた。

「工場に行ったんだろ。社長から電話入ってたけど」

「行った。諸々の事情は聞いたよ」

中村さんが溜息をついた。

「なんかな。急にセンチメンタルっていうか、そんな気持ちになっちまってさ」

そう言ってから、外のジムニーを見た。

「明日から家も職もなくてさ。あいつに乗ってしばらく旅にでも出ようと思ってたんだ。車の中で寝泊まりしてさ。退職金も少しは貰ったし、硯を売ったらけっこうな金になるって話だったから、一ヶ月ぐらいはふらふらできるかなって」

「何で僕に何も言ってこないんだ」

「お前なら、しばらくうちに来てもいいぞとか言い出すだろ絶対に。新婚さんの邪魔ができるかよ」

　確かに、稲垣さんなら言いそうだ。中村さんが小さく息を吐いた。

「そう思っていたんだけど、今日になって急に麦屋先生のことを思い出してさ」

　僕を見て、それから、少し淋しそうに笑った。

「オレさ、麦屋先生にすごく感謝していたんだ」

「感謝」

　中村さんは、にっこり笑って頷いた。

「あのとき、先生はずっとオレについていてくれた。一人になったオレを現実にしっかり繋ぎ止めてくれたのも、麦屋先生だったんだ。それなのに、結局卒業以来一度も会いに行かなかったし、そして、死んじゃったのも後から聞かされてさ。すげぇ後悔していた。どうして会いに行かなかったんだろうって。オレがこうやって生きているのも、麦屋先生に励ましてもらったからなのにって」

「励まされたのか」

　稲垣さんが訊いた。

「そう。自分は女房に逃げられた情けない男なんだってさ」

　そんな自虐ギャグみたいな励まし方したのか父さん。

事実なんだろうけど。

「そんな男が先生をやっているなんてゴメンなって謝られてさ。いや謝られても困るけどって思ったけどさ。考えたら、先生あのときオレをずっと慰めてくれてたんだなって。人生はいろいろあるけど、生きていればいいんだって、そう思えたんだ」

ラジオが一瞬光ったけど、父さんは何も言わなかった。

「なんかさ、急に甘えたくなった。もう一度先生にさ、励ましてもらえたらなって思った。そんなことできるはずもないのに、ここに来てさ。そしたら質屋の看板が見えて、あぁちょうどいいやって。硯を売っ払ってずっと乗っていたあの車も捨ててしまおう、何もかも捨ててどこかへ行ってしまおうなんてさ。魔が差したっていうのか、ふっとそんなふうに思っちゃってさ。あのジムニー、先生の息子さんならきっとうまく処分してくれるかな、なんて」

またラジオが一瞬光ったんだけど、父さんは何も喋らなかった。どうして喋らないんだろうって思ったんだけど。

「それが、どうして戻ってきたんですか」

瑠夏だ。稲垣さんも頷いた。

「さっき言ってたネコって何だ」

中村さんが、首を捻って苦笑いした。

「全然わからないんだ。財布と携帯だけ持ってふらふら歩いていたら、女の人に声を掛けられてさ」

女の人。

「いきなり、ケツを蹴飛ばされた」

ケツを？

いきなり？

　女の人が、いきなりケツを。

「知らない女にか」

「そう」

　中村さんが稲垣さんに向かってこっくりと頷いた。

「怒るより何よりびっくりしてさ。ぶっ飛んだんだよ」

「ぶっ飛んだ」

「比喩じゃなくてさ、文字通りに、蹴り一発で身体が浮き上がって飛ばされて地面に転がったんだよ」

「すごいな」

　稲垣さんが感心したように言った。

「お前だって六十キロはあるだろ」

「六十七キロだよ。一メートルは飛んだな。それで、いや痛かったんだけど、そんなに痛くなかったんだよ」

　痛くなかったっていうのは。

「よっぽどいいタイミングで、わざと身体ごと浮き上がるように蹴り上げられたってことですか」

そう言ったら、中村さんも感心したように頷いた。

「そういうことなんだろうな。フワッと浮いたからな」

それはよくわからないけど、本当にすごいテクニックを持った格闘家か何かじゃないのかって思ったけど。

「どんな女だったんだ」

「わからん。何せ小路みたいなところで暗かったし、向こうはキャップを目深に被っていたし。ただ、わかってるのは黒いブルゾンとブラックジーンズで、黒いスニーカーを履いていた女ってことだけだ」

「黒ずくめですね」

瑠夏が言った。

「そうなんだ。まるで暗い小路にいる黒ネコみたいではっきり姿がわからないぐらいだったよ。そしてその女が、転がって呆然としてるオレに言うんだ。『いい年をした大人が何も知らない子供を巻き込んで何をやっているんだ』って」

「子供って」

稲垣さんが繰り返して、ちょっと首を傾げてから僕を見た。

「すばるくんのことかな」

「そうなんでしょうか」

子供って言われると軽くムカッとくるけど、でも確かに子供だ。まだ二十歳にはなっていないし、高校卒業したばっかりだし。

「オレは何のことを言われてるのかさっぱりわからなくてさ。そこでようやくいきなり蹴っ飛ばされたことに腹が立ってきて、何だお前は！　って、まぁ本当に大人気ないんだけど、摑み掛かろうとしたんだよ。いや、殴る気なんかなかったぜ？　年齢はわからんが、女ってのはわかったからさ。とにかく腕でも摑んで問い詰めようと思ったら」

「今度は苦もなく捻られたのか」

稲垣さんが言うと、その通りって中村さんが頷いた。

「腕を取られて捻られて、足を払われて地面に転がされてた」

僕も稲垣さんも瑠夏もちょっと眼を丸くした。弦さんは特に驚いていなかったから、きっと僕たちが戻ってくる前にそういう話を聞いていたんだ。そんなことができる女の人って。

「こう、固められるっていうのか？　転がされて上に乗っかられたらピクリとも動けないんだよ。それでその女が、『何があったのか知らないけど、あんたも一人で生きてるわけじゃないだろ』って言うんだよ。『あんたがこのままどこかへ消えたらどうなるか、もう一度車に戻って考えてみろ』ってさ」

稲垣さんが何かを考えるようにして、ゆっくり頷いた。

「それで、戻ってきたのか」

「身体中の関節を固められて何かもうぐったりきてさ。ようやくその女が放してくれて、立ち上がったらもう姿が見えなくなっていた。毒気を抜かれたっていうか、それで、考えてさ。自分は本当に何をしてるんだ。あんな置き手紙残されても困るだろう、バカかオレはって思いながらここに戻ってきたら」

中村さんが弦さんを見た。

「シトロエンが移動してて、この人がいてさ。事情を聞かされた。それで、ようやく女が言ったことを全部理解できた。そうかあの女はこのことを言っていたのかって。お前が呼び出されたことも知ってさ」

「それで、こうか」

「そういうことだ」

中村さんが溜息をついて、そして僕を見てまた頭を深く下げた。

「本当に申し訳ない！　とんだ迷惑を掛けてしまいました」

頭を上げて、稲垣さんを見た。

「お前にも」

稲垣さんは苦笑いした。

「とりあえずはいいさ。結局は何事もなかったんだ」

「まぁ」

弦さんだ。

「確かに迷惑な話だが、中村くんの境遇を思えば、職を失い、住む家も失い、で、ふっとそういう気持ちになってしまったのはわからんでもない」

稲垣さんも、頷いた。

そうかもしれないって思った。

「僕もわかるような気がします」

中村さんは、急にセンチメンタルな感じになったって言ってたけど。

「この世界に、ひとりぼっちになってしまったような気持ち。そこで、何か全部捨ててどこかへ行ってしまいたくなるような気持ち」

たぶん、中村さんと同じような気持ちになら、僕はなったことはある。

そう言うと、稲垣さんも弦さんも、中村さんもほんの少しだけ何かを考えるような表情になってから、小さく頷いた。

「そんなの！」

瑠夏が助手席から急に手を伸ばしてきて、僕の服を摑んだ。

「違うよ?!　すばるちゃんはひとりぼっちなんかじゃないよ？」

今にも泣きそうな顔をしてたから慌てて瑠夏の手を握った。

「違うって。わかってるって。ただ、気持ちは理解できるってだけだよ」

僕はひとりぼっちなんかじゃない。

父さんはいるし、瑠夏や、サエさんや弦さんや、皆が僕のことを見てくれる。いてくれる。

「黙ってどっか行ったりしないよ。しないけど、理解できるってことだよ」

弦さんも稲垣さんも少し笑みを浮かべていた。中村さんも。

「しかし、その黒ずくめの女性は、謎だな」

稲垣さんが言う。

「そうですよね」

きっと僕のことを知っているんだ。しかも、中村さんが何をしようとしていたのかも理解していた。

「それは、監視でもしていないと、わかんないよね。中村さんがどっかへ行こうとしていたのは」

「確かにそうなんだ」

弦さんも頷いて、腕を組んで考え込んだ。稲垣さんも首を傾げていた。傾げながら、ラジオを見ていた。

ラジオは光らない。父さんは何も言わない。言わないってことは、中村さんに自分が魂となってここにいることを教えるつもりはないってことだろうけど。

「どこかで見ていた、聞いていたってことなんだろうな」

弦さんが言った。

「見ていた？」

「たまたま偶然かもしれん。ここを通りかかって、すばると同じように中村くんが来て、去っていったのを目撃した。そしてすばるたちのシトロエンの中での会話を聞いて、何かが起こったかもしれないと察して中村くんを捜したのかもしれない」

「聞いていたって」

「可能性がまったくないわけじゃない。俺たちは窓を開けて話していた。たとえばシトロエンの脇にぴったりくっついて隠れていたら、その会話を聞けたはずだ。全部じゃないにしろ」

でも、シトロエンにくっついていたらミラーに姿が映っていたかもしれない。それなら父さんが見ていたはずだけど。

訊こうとしたけど、ラジオは光らない。やっぱり中村さんには知らせないつもりなんだ。それなら、後で訊けばいいだけなんだけど。

「まぁここで皆であれこれ考えても何もわからん」

弦さんが言った。

「何にせよ、その女性はすばるのことを知っていて、そしてすばるのために動いてくれたってことだ。いい人には違いないんだ。その内にわかるかもしれない。放っておいてもいいだろう」

そうですね、って稲垣さんが頷いた。僕も瑠夏も、そうだねって頷き合った。その女性がいなかったら今頃僕たちはまだ中村さんを捜していたかもしれないし、中村さんだってそのまま魔が差してどうなっていたかわからない。助けてくれたのは間違いないんだ。

「それで、満」

稲垣さんが言った。

「お前、うちに来い」

中村さんが苦笑いした。

「ありがたいけどな、新婚さんの家に寝泊まりするのは気が引ける」

「それなら、うちに泊まれ」

弦さんが言った。

「そこの一軒家だ。俺一人の暮らしだから部屋は余っている。どうせジムニーも駐車場にしばらくは置いておくんだろう。一緒だ」

「いや、それは」

「大丈夫ですよ。一台ぐらい平気です」

隅っこに置いておけばいいだけだ。弦さんが頷いて続けた。

「仕事も決まってないんだろう」

中村さんが頷いた。

「俺も元は整備工だ。麦屋の家で働いていた。まだ整備工場をやっている知り合いは何人かいるから、どこかで仕事がないか訊いてみる。遠慮はいらんから、ここで、まずは落ち着くまで居ればいい」

中村さんは本当に申し訳なさそうな顔をした。

「そこまでしてもらうのは」

「袖擦り合うも多生の縁です。父さんがよく言ってました」

国語の先生だった父さん。きっと稲垣さんや中村さんが生徒だったときにも、そんな話をしているはずだ。

「中村さんは、父さんを訪ねてきてくれたんですよね。きっと生きていたら泊まっていけって言ったはずです。だから」

中村さんが僕を見て、少し息を吐いて、頭を下げた。

「ありがとう。少しの間、お世話になります」

「あれだ」

稲垣さんが右手の人差し指をすっ、と上げた。

「仕事が決まるまで、世話になるのが気が引けるのなら、うちの店〈花の店にらやま〉で、配達の手伝いをしてくれ」

「もちろんだ。何でもやる」

「あ、駐車場の番もしてくれると助かります」

「了解です」

それにしても、って中村さんは僕を見て少し笑みを浮かべた。

「すばるくん、目元が先生にそっくりだ。やっぱり息子さんなんだな」

「よく言われます」

皆で少し笑った。顔全体の作りは母さんに似ているらしいんだけどね。

稲垣さんはまた今度ゆっくり来るからって言っていた。きっと父さんともっと話したいんだと思う。中村さんは車に積んであった数少ない荷物を弦さんの家に運んでいった。後は弦さんに任せておけば大丈夫だと思う。

瑠夏とシトロエンに戻って、父さんを呼んだ。

「父さん」

ラジオが光った。

『うん。まぁ何事もなくてよかった』

「これでよかったよね？」

『いいと思うよ。すばるが言ったように、父さんが生きていてもこうしたと思うよ』

「でも、父さん。中村さんと話さなかったけど」

そうだな、って言って、少し間が空いた。

『稲垣くんに私の存在を教えてしまったのはあくまでも緊急措置だと思ったからだ

よ。もちろん中村くんを信用しないわけじゃないけれども、基本的にはこれ以上知る人が増えるのは避けた方がいいね』

まぁそうか。

「さっきの女の人に心当たりはないんですか?」

瑠夏が訊いた。

『まったくないね』

間髪をいれずって感じで父さんは言った。

『弦さんの言うように、シトロエンの陰に隠れて聞いていたのかもしれない。ミラーに映らない死角はあるからね。少なくともあのときは気づかなかったよ』

やっぱりそうなのか。

『誰かはわからないが、弦さんの言う通りだ。多少荒っぽい女性なのかもしれないけど、すばるのことを気に掛けてくれた親切な人なんだから、感謝しておけばいいだろう』

☆

五月の末になっても天気の良い日が続いてて、今年の梅雨入りは遅そうだな、って父さんが言った。

「そうなの？」

『さっきラジオで言っていたよ』

父さんは、ラジオのスピーカーを使って話しているせいかどうかわからないけど、ラジオなら何でも自分で聴けるんだ。でも、実はラジオを普通にスピーカーから流すと、耳元で鳴っているみたいでうるさくてしょうがないらしい。

だから、シトロエンのラジオはまったく使わない。どうしてもラジオが聴きたいときにはiPhoneを使うけど、そもそもラジオって全然聴かないからいいんだけど。

「天気が良いのはいいけど、埃っぽいよね」

『それはしょうがないな』

「掃除してくる」

六時半に朝ご飯を食べて片づけも終わったら、駐車場のチェーンを回したポールを片づけて、箒で掃除をする。

いろいろ使ってみたんだけど、やっぱりこういう広い場所の掃除は昔ながらの竹箒でやるのがいちばんいいような気がする。

掃除が終わったら、羽箒を持ち出して車のボディを軽く掃いていく。天井も一発で掃くことができる長い羽箒だ。

昨日は泊まっていった車もなかったから、駐車場にあるのはうちの車のミニクーパーとシトロエンだけ。

掃除をしなくても誰も怒らないけど、きれいにしておけば自然と変なものも寄ってこないっていうのは父さんの話だ。だから、駐車場に面している弦さんの家の窓ガラスなんかも僕が定期的に掃除をしている。

夏になって暑くなれば、ホースで外壁に水を掛けてブラシで擦ったりもするけど、それはけっこう気持ちがいいんだ。お客さんの車がないときにしかできないんだけど。

「おはようございます」

「おはよう」

いつも朝の七時十五分にやってきて、車を置いていって昼前には出ていく常連さんが大抵は一番乗りだ。もう二年ぐらい週に三回は来ているけど、いまだに何者かわからない。

いつもちゃんとしたスーツを着ているし、地味めな中年の人だから、父さんが言うには税理士さんとかそういう関係の仕事じゃないかって。請け負っている仕事をその会社に行って午前中に終わらせて他にも回っているんじゃないかって。

他にも、ビルメンテナンスの人たちの営業車とか、清掃関係の人たちのワンボックスとか、朝早くからやってくる常連さんは常に五、六人ぐらいはいる。

そして、常連っていうわけでもないけれど、午前中から車を置きに来る人は他にもいるんだ。

たぶん、そうじゃないかなって思う人たち。

その車の持ち主もそうだと思った。慣れた感じで入ってきて、そのまま空いているところに停めて、シトロエンまでさっさと歩いてきた。

「おはようございます。鍵をお預かりします」

中年、って言ったら怒られるかな。女の人。

小さな子供を連れている。男の子だ。

「こちら、受付票です」

手渡しても、ただ軽く頷くだけで、何にも言わない。

「〈花咲小路商店街〉のお店をご利用でしたら、お店のレシートをお忘れなく」

けっこう愛想良くしているんだけど、その女性はただ無表情で頷くだけ。

黙って急ぎ足で駐車場を出ていって、子供がその後を追いかけていった。何歳ぐらいだろう。よくわからないけど、小学校入学前であることは確かだと思う。

『軽自動車だね』

ラジオが光って父さんが言った。

「そう。ブルーの軽自動車」

古くはないけど、新しくもないと思う。リアウィンドウから少しだけ見える車の中は、何か、ちょっと薄汚れているようにも思う。中を覗き込むなんてことはしないけれど。

『子供連れだったね』

「うん」

時間は九時半。買い物とかって感じじゃない。そもそも商店街にはまだ開いていないお店も多い。だから買い物じゃない。

『パチンコかな』

「たぶんね」

〈花咲小路商店会〉には入っていないけど、同じ町内にパチンコ屋さんは一軒あるんだ。それもけっこう古くから。

〈パチンコダッシュ〉さん。

父さんの話では、父さんたちが子供の頃からずっと同じ人が経営してるって。どうして商店会に入っていないかは、よくわからないし確認したこともない。ダッシュさんには狭いけど駐車場もあるから、うちとは契約していないけど、向こうに入れないお客さんがうちに車を置いていくこともけっこうあると思う。

そして何故か、ダッシュさんに行く人はこうやって十時の開店前、九時半ぐらいに来る人がほとんどなんだ。

子連れでパチンコってどうなんだって本当に思う。一年に必ず一回はニュースで見るようなあの哀しい事故のことを知らないのかって。

『まぁ車に置いて行かないだけマシなんだろうけどね』

「うちは置いて行ったらわかるから、怒っちゃうよ」

『そうだな。そこは怒っていい。もちろん相手を見てだけどね』

「わかってる」

人って、自分の車の中は本当にパーソナルスペースだと思ってる。こうやって駐車場に置いていく車の中に、いろいろ荷物を置いたまま出かける人も多い。

去年だと思うけど、後部座席に大人の人が乗ったまま運転していた人だけがどこかへ行ったから、あの人は寝ているのかそれともすぐに戻ってくるのかなって思っていたら、座っていたのはマネキンだったなんてこともあった。

「あれは本当にびっくりしたよね」

『ちゃんと服を着ていたんだったか』

「そう。きれいなワンピースを着た、座っているマネキンさん」

何か仕事で使うものならまぁありかもしれないけど、戻ってきた人に『あれは何ですか』って訊く勇気はなかった。

暑かったので窓もドアも開けっ放しにしている。お客さんが来ないときにはいつも運転席に座って本を読んでいるか、後ろのソファに座ってDVDを観ているかどっちか。

父さんは何をしているかっていうと、いろんなことを考えながら、町のざわめきを聞いている。退屈じゃないかって思うんだけど、身体がなくなってしまうとそういう感覚は消えてしまったって言っていた。

ただ、見たり聞いたりしているだけで何もしなくても平気になってしまうそうだ。そもそも疲れないから眠る必要もない。不思議な感覚だって。それぱっかりは死んで魂にならないとわからないだろうけど、他に魂だけになってこの世に存在している人はいるんだろうかって思う。

『すばる』

「なに？」

『駐車場に誰かがいるように思うんだが』

「え？」

顔を上げて見たけれど、誰もいない。

「誰もいないよ」

『車の陰だ。子供がいるようなんだが』

「子供？」

慌ててドアを開けて外に出た。近所の子供たちがたまに駐車場を横切ったりすることはある。危ないからゼッタイに中に入ったらダメだよって会ったら言ってるんだけど。

今、停まっている車はうちのミニクーパーを入れて七台。

「あ」

いた。

男の子。

さっきの子だ。あの子が自分のうちの車の陰にちょこんと座っていた。

「ぼく、どうしたの？」

慌てて駆け寄って声を掛けたら、すぐに勢いよく立ち上がった。僕を見てる。

「ママを待ってる」

「お母さん、来るのか」

辺りを見回したけど、まだ誰もいない。しゃがみ込んで、男の子と目線を合わせた。これも父さんに聞いたんだ。子供と話すときには必ず目線の高さを合わせるようにしろって。

「あのね」

「うん」

「ここにいたら、いつ車が入ってくるかわからないから、危ないんだ。だから、お母さんが来るまで、あの赤い車。ドアが開いているよね？　中に椅子があるのが見えるよね？」

「見える」

「あそこはこの駐車場の受付だから、あそこに行って座って待っていよう。できるよね？」

男の子が、うん、って頷いた。

「できる」

「よーし」

いい子だ。素直な男の子だ。賢そうな顔をしてるし、大人しそうだ。また辺りを見たけど、お母さんらしき人は来ない。

「あ、ほら、車が入ってきた。急ごう！」

男の子の手を取ったらしっかり握り返してきたので、小走りでシトロエンに戻った。入ってきた車は、あの人だ。

ピンクの軽自動車。スーツをいつも着てるから、営業かなんかの仕事をしてるんじゃないかって思ってる、たまに停めに来るおばさん。髪の毛がふわふわで僕とおんなじ感じの女性。

その人がいつものようにシトロエンの前に車を停めた。僕が男の子を慌ててシトロエンの中に入れて座らせてたら、女の人が車を降りてきた。

「あら」

僕と、男の子を見て微笑んだ。

あぁ、お母さんの顔だなって思った。瑠夏のお母さんや皆のお母さんが、小さな子供を見るときの優しい顔だ。

「可愛いわねー。弟さん？」

　女の人が言った。

「いえ、違うんです。車を停めていった女の人のお子さんらしいんですけど、一人で先に戻ってきちゃったらしくて」

「あら」

　女の人が眉間に皺を寄せた。

「お母さんはまだ？」

　きょろきょろする。

「まだみたいなんです。それで、危ないからここにいなさいって」

「そうよね。危ないわよね」

　女の人は今日もスーツを着ている。ベージュ色の薄手のスーツ。バッグも持っている。細身で、愛想が良い。保険の営業とかそんな感じなんだろうか。

開けたままの後部ドアの前で腰を曲げて、女の人は男の子に話しかけた。

「お名前は？」

「たかし」

「たかしくんか。ママの名前は言えるかな」

　男の子は別に怖がったりもしていない。

「あつこ」

女の人が頷いた。

「ママの名前はあつこさんね。苗字は言える？」

「かなもと」

かなもとあつこさんか。どんな漢字かがわからないけど。女の人は立ち上がって、小さく頷いた。

「まだ、かなもとあつこさんは来ないわね」

「来ないですね」

二人で周りを見た。間違いなくあのブルーの軽自動車を置いていった女の人が〈かなもとあつこ〉さんなんだろうけど。

女の人が、僕を見て、優しく微笑んだ。

「どの車なの？」

「あのブルーの軽です」

「そうか。どこへ行ったかはわからないわよね」

わからない。でも、パチンコじゃないかって思う。何となくなんだけど、確信はある。

「パチンコじゃないかって思うんですけどね。でも、はっきりとは」

女の人が顔を顰めた。

「パチンコって」

嫌そうにして、唇を歪めた。

「しょうがないわね」

それからまたたかしくんに向かって、腰を屈めた。

「たかしくん、ママはパチンコに行ったの？」

こくん、って頷いた。やっぱりそうか。

「もう帰るから、先に行ってて、って言ったの？　ママは」

たかしくんが首を横に振った。

「いやだから、出てきた」

「ママには言わなかった？」

「言ってない」

たかしくんの声がちょっと震えた。眼が少し潤んできたような気がする。

「あぁ、大丈夫大丈夫。おばさんたち怒ってないわよ」

女の人がたかしくんに近寄って、優しくそっと包み込むように頭を抱いた。本当に、お母さんの仕草だなって思った。

「ね？　泣かなくていいからね。このお兄ちゃんも優しいお兄ちゃんだから大丈夫」

それでたかしくんは、泣く寸前で我慢できたみたいだ。こくん、って頷いて僕たちを見た。

女の人が、ちょっとこっちへ、って感じで目線を送ってきたので、二、三歩移動してシトロエンの正面に回った。

「どうするのかしら。お母さんが来るまで待つの？」

「えーとですね」

父さんに相談したいところだけど。

「とりあえず、もう少し待ってみます。十分か十五分か、それぐらい待ってみて、来ないようならパチンコ屋さんに連絡してみます」

「そう」

女の人が、こくん、って頷いた。

「大変ね。管理人さんも」

「いえ、仕事ですから」

そうね、って女の人が微笑んで、駐車場を見渡した。

「あそこに車を入れていいかしら？」

「あ、僕がやりますよ」

いつもこの人は車を正面に置いていくんだ。

「いいわよ。あのたかしくんを見ていて」

そうか、気を遣ってくれたのか。

「すみません。じゃあお願いします」

女の人がピンクの軽自動車を移動させている間に、受付票を用意した。たかしくんは大人しく座って、足をぶらぶらさせながら外を見ている。お母さんが来ないかどうかずっと見ているんだ。

「はい、鍵をお願いね」

「こちら、受付票です」

「ありがと。たかしくん」

たかしくんが、女の人を見た。

「お母さんが来るまで、大人しくそのお兄ちゃんと待っているのよ。いいわね？」

「うん」

たかしくんは、大きく頷いた。そして、僕を見た。

さて、と、困ってしまった。子供は嫌いじゃないけど、どうやってかまっていいかわからない。

お母さんを呼びに行った方がいいのかどうか、父さんに訊きたくても、たかしくんがいるから訊けない。

うーん、と、心の中で唸ってしまった。唸ってから、瑠夏にＬＩＮＥした。

【ヘルプ！　子供が来てる！】

【声に気づいて様子を見てた。すぐ行く！】

瑠夏の部屋の窓を見上げたら、瑠夏が手を振ってすぐに窓から消えた。きっと瑠夏なら僕より子供の扱いはうまいはず。

すぐに瑠夏が走って来てくれた。

そしてニコニコしながら、こんにちはー！　って元気な声でたかしくんの横に座った。

「お姉さんの名前はね、瑠夏ちゃんちゃんって。

「るかちゃん」

あれたかしくんが何か嬉しそうな顔になったよ。るかちゃん、ってもう一度なんかニコニコして呼んだよ。

そうだよね。君は男の子だもんね。きっとお兄さんよりカワイイお姉さんの方がいいんだよね。

「そうだよ。お母さんが来るまで、瑠夏ちゃんと遊んでいよう！」

「うん」

「よし、でもちょっと待っててね」

瑠夏が車から降りたので、僕も降りて正面に回った。瑠夏が駆け寄ってきて、小声で言う。

「詳しく」

たぶんパチンコに行ってるのがお母さんって話をした。たかしくんだけが勝手に戻ってきちゃって、さっき話していた女の人はたまたま車を置きに来た常連さんだって。

瑠夏がなるほど把握したって頷いた。

「どうするの？」

ここは、さっきあの女の人に言った通り、もう十分か十五分か待ってみようと思うって言ったら瑠夏も頷いた。

「そうだね」

「そして来なかったら〈パチンコダッシュ〉さんに電話して、事情を話して〈かなもとあつこ〉さんを呼び出すか、伝えてもらって来てもらうか」

「それがいいね。よし。ゲームでもやってようか」

「お菓子とか用意しようか？」

言ったら、瑠夏が首を横に振った。

「どんなアレルギーがあるかわからないからダメだよ」

「そっか」

そういう問題もあったか。瑠夏が来てくれてよかった。すぐに車が入ってきて、僕は受付をしなきゃならなかったから。

受付をしながら、そして車を動かしながら見ていたけど、たかしくんは瑠夏と楽しそうにゲームを始めていた。あれならしばらくの間は泣かないで待っていられるだろうって思って、僕も参加しようかって歩き出したときだ。

小走りする足音が聞こえて、商店街へ向かう道の方を見たら、女の人が二人でやってきた。

「あ」

たかしくんのお母さんだ。

そしてその後ろにいるのは、あの女の人だ。

ピンクの軽自動車の。

# 九　ピンクの軽自動車とおばさんと刑事

たかしくんがピョン！　って感じで跳び上がってシトロエンから出ていってお母さんに駆け寄っていった。

たかしくんのお母さん、かなもとあつこさん。

そのかなもとあつこさんはちょっとだけ笑顔を見せて、駆け寄ってきたたかしくんに合わせて背を屈めて、そして手を取った。

ごめんねとか、いなくなっちゃダメよとかそういう話をするのかなって思っていたけど、何も言わないで、たかしくんの手を引いてこっちに歩いてきた。

何か、少しだけ不満そうな顔をしながら受付票を出した。

「お帰りなさい。一時間なので二百円です」

小さく顎を動かして、バッグから財布を出して小銭を数える。その間たかしくんは僕を見ながらじっとしていた。

「はい、ちょうどいただきます。レシートです」

たかしくんのお母さんはやっぱり無言でそれを受け取って、でもたかしくんの手を優しく引いて青い軽自動車に向かっていった。たかしくんはちょっとこっちを見て、バイバイって感じで手を振ったので、僕も瑠夏もバイバイって笑顔で手を振った。きっと瑠夏は心の中で、息子に比べて母親のその愛想のなさは何だ！　って感じで怒っていると思う。

エンジンが掛かって、車はゆっくり車道に出ていった。後ろのチャイルドシートに乗ったたかしくんはまた僕たちに向かって手を振っていた。

君がこの先幸せな人生を送ってくれることをものすごく祈るけれど、どうなんだろう。ちょっと不安ではある。でも、僕たちは君に何にもしてあげられないんだごめんね。

その間、あの女の人は、ベージュ色の薄手のスーツでピンクの軽自動車の女の人は、ちょっと仁王立ち気味に歩道の上にすっくと立ってずっとその様子を見つめていたんだ。

たぶん、あの女の人は、〈パチンコダッシュ〉に行ってきた。

そしてかなもとあつこさんを店内アナウンスか何かで捜し出して、おそらく説教でもして、ここまで連れてきたのに違いない。

意地悪な見方かもしれないけど、あのかなもとあつこさんの様子からすると、たかしくんがいなくなっているのに気づいて慌てていた感じではまったくないよね。余計なことをしやがってみたいな感じが若干していた。でも、たかしくんのことを殴ったり怒ったりはしなかったから、まだ大丈夫だと思うんだけど。

青い軽自動車が走り去ったのを確認して、その女の人は僕と瑠夏に向かって小さく頷いて、ちょっと右手を上げてから、くるっと踵（きびす）を返して商店街の方へ向かって颯爽（さっそう）と歩いていった。

うん、カッコいい。

まるで昔の映画の女主人公みたいだ。

なんだっけ、そうだ、ジーナ・ローランズの『グロリア』だ。あの女主人公みたいだった。

「あの人」

瑠夏が女の人の背中を見送りながら言った。

「たまに来る人だよね？」

「そう」

定期的って感じじゃない。一ヶ月に一回か、ちょっと覚えていないけどそんな感じ。

「長く話したのは初めてだったよ」

「いつもは、挨拶ぐらい？」

「そう」

いらっしゃいませ、こんにちは、お帰りなさい、またどうぞ。

「それぐらい」

ラジオがチカチカ光った。

『とりあえずは、無事に収まったか』

「うん」

あのお母さんのパチンコ通いが直るかどうかはわからないけど、とりあえず何事もなく終わった。

「父さんミラーで見えてたよね。あの女の人がお母さんを連れてきたのは」

『見えていた』

ラジオが光って父さんが言う。

『あの女性は、そのまま自分には関係ないからと立ち去ることができなかったってことかな。それで、パチンコ屋まで出向いたんだろう』

「たぶんそうなんだろうね」

「なかなかできることじゃないよね」

瑠夏が感心したように言う。

「でも、たかしくんのお母さんは、もうここには車を停めないかもしれないね」

「お客さん減っちゃったかな」

『それは困るが、まぁしょうがないな』

「父さん、あの女の人の様子は、何か気づかなかった?」

『様子、とは』

「や、どんな仕事してるとか、どんな人なのかとか。だって、瑠夏も言ったけどなかなかできることじゃないよ？」

僕は、仕事だからあのままたかしくんのお母さんが帰ってこなかったら〈パチンコダッシュ〉に電話していた。

「向こうも駐車場に車を停めてそこにたかしくんが来たんだから、理不尽に怒ったりはしないよね。怒るかもしれないけど、僕は駐車場の管理責任者としての務めを果たしているんだから」

『そうだな』

「でも、あの女の人はまったく無関係なんだ。赤の他人がいきなり子供を放ったらかして何をやってるんだって言ってきたら、逆恨みでもされて下手したら怪我したりつけ回されたり」

殺されちゃったりするかもしれない。そんな事件は今はごろごろしてる。ネットとか見ていたら本当にコワイ時代だって思う。

「なのに、あの女性は」

すごい人だと思う。父さんは、うん、って言ってから少し考えるように沈黙した。

『確かに、ちゃんとしたいい人で、すごい女性だな。人間としても強い人なんだろう。関係ないけれど、女性にしてはなかなかドスの利いた声だったたね』

「そうそう」

瑠夏が少し嬉しそうに言った。

「姐御(あねご)！　って感じの声」

「酒焼けみたいな感じでもあったよね」

酒を飲み過ぎて本当に声がガラガラになるのかどうかはわからないけど、そういう感じだった。きっとあの声で本気で怒られたらけっこう怖いんじゃないだろうか。

『ピンクの軽自動車だったか』

「そう。ニッサンのかな」

『今までは特に何も感じていなかったんだけど、さっき、お前と会話しているときに、少し違和感みたいなものは覚えた』

「違和感って？」

ラジオがチカチカッて光った。

『たかしくんがシトロエンの中にいるのを見て、〈弟さん？〉って訊いたろう？』

「訊いたね」

可愛いわねー、って。

『それが、気になった』

「何で」

またラジオがチカチカ光った。今日は随分光る。

『すばると一緒にいるたかしくんを見て、即座に〈弟さん？〉って訊いたことだ』

特に変でもないと思うけど。

「それがどうして気になったの」

『別におかしなことを言ったわけでも何でもないけれど、たかしくんはまだ幼稚園ぐらいだったろう』

「そうです。四歳ぐらい」

瑠夏が頷きながら言った。

『仮に四歳とすると、すばるとは十五歳ぐらいの年齢差があるよね。それぐらいの年の差がある兄弟はもちろん世の中にはたくさんいるだろうけど、もしも私だったら、〈どこの子なのかな〉と訊くなぁと思ってね』

「あー」

なるほど、って瑠夏と顔を見合わせた。

「そう言われてみればそうですね！」

「確かに」

そう訊かれたときには何とも思わなかったけど。

「それだけ年が離れていたら、親戚の子供とか、あるいは近所の子供かなって思う方が自然かもしれないんだ」

『そういうことだ。すばるは年相応に見られる。高校生かあるいは大学生のバイトかと思われていても不思議じゃない。むしろそう思う方が自然だ。すると、高校生や大学生が自分の弟を連れてバイト先にいるのは、まぁほとんどありえないだろう。まさか親子とは思わないだろうからね。だから、〈弟さん？〉とすぐに訊いたのが少し気になったんだ』

「どうしてあの女の人は〈弟さん？〉って訊いたんでしょう？」

瑠夏が言って、父さんは、うん、って言った後に少し間を空けた。

『あの態度や話しぶり、そして頼まれもしないのに自分からお母さんを連れにパチンコ屋まで行った行動からして、子供好き、もしくは本当に子供がいる女性であることは間違いないだろうと思うんだ』

うん、それはそうだと思う。たかしくんを見る顔は、子供を持つお母さんの優しい顔をしていたから。

『もちろんわからないが、自分の家族、もしくは身内にそれぐらいの年齢差の子供がいるのかもしれない』

「その可能性はあるね」

『もうひとつの考えとしては、ひょっとしたら、すばるのことをある程度は知っていたのかもしれないな』

「ここの経営者だってことを？」

『そうだ。もしもあの女性がこの辺で仕事をしているとするなら、〈カーポート・ウィート〉の若い男の子はあそこの経営者なんだよ、ぐらいの話は聞いていてもおかしくないからね』
「もしくは、商店街の誰かの知り合いかもしれませんよね？」
『その可能性もあるけれど、商店街の誰かの直接の知り合いなら、すばるの境遇をその人から聞いて知っていてもおかしくない。彼にはもう両親がいないので一人であそこをやっているってね。だったら〈弟さん？〉って訊くのは、的外れな質問だというのはわかるだろう』

確かにそうだ。

「じゃあ、知ってるとしても、かなり若い経営者ぐらいの情報しか持っていないってことかな？」

『そういうことになるね』

いつも思うけど、父さんは本当に細かいことに気がつく。生きているときはまだ僕ももっと子供だったから何とも思わなかったけど。国語の教師だっただけあって、言葉には敏感なんだ。

「何をやっている人なのかな」

『いつもスーツ姿だよね』

「カッコよかったですよね。似合ってました。そして何か若い頃はスポーツやってたのかなって感じの身体つきだったし」

瑠夏が言って、そうか、って父さんが言った。

『そういうスタイルで定期的にここに停めに来ることからも、どこかここの近くの会社に来ている人なんだろうね』

「僕は保険のおばちゃんかなって思ったんだけど」

「それは違うと思うんだけど」

瑠夏が首を横に振りながら言った。

「何で？」

「だって、持っている鞄が小さかったもの。保険の外交員の人は皆けっこう大きな書類鞄を抱えているでしょ？ 最近はタブレット端末とかそういうのも持ち歩いているし。うちにも来るけどそういうので保険の契約とか、ちゃちゃっとしちゃうんだよ」

「そうか」

そうだった。税理士の木村さんも言ってた。近頃はサインなんかも全部電子署名で済ませられるって。

確かにあの女の人が持っていた鞄はハンドバッグみたいな小さなものだった。

『でもまぁ働いている女性には違いないだろう。ひょっとしたらどこかのビルのオーナーとか、あるいはお店のオーナーとか、そういうのかもしれないし』

「あー、それ似合うかも、です」

瑠夏が頷きながら言った。確かに、そんな感じもあったね。貫禄みたいなものも感じたし。

訊いてみたい気もするけれど。

「車を取りに戻ってきたときに、あれこれ訊くのは失礼だよね」

そうだな、って父さんは少し笑った。

『まぁ向こうが何かしら話しかけてきて、会話が弾む中で訊く分には失礼じゃあないだろうけど』

特に気にしてはいなかったけど、あの女の人はいつも一時間か、二時間もしないうちに戻ってきていたはず。ちょっとだけ気にしながらいつも通りに入ってくる車を待ちつつ運転席に座っていた。

瑠夏ももう一度会いたいとか言って後ろのソファに座って、本を読んでいた。

「仕事はいいの？」

「大丈夫。私の今の仕事は人生経験を積むことだから」

「なるほど」

それは瑠夏のお祖母ちゃんのサエさんが言ってることらしい。質屋をやるのに必要なのは、もちろん世の中のあらゆる〈物〉の知識なんだけど、同時に社会の仕組みを知ることと、人間観察だって。

だから瑠夏は一日中〈田沼質店〉の蔵の中で質流れ品の整理をしながら品物の知

識を蓄えて、同時に外に出ていろんな職業の人たちを観察してる。

「戻ってこないね。あの人」

「うん」

意識してるから時間が長く感じるんだ。

「もうお昼だし、どこかでご飯を食べてくるかもよ」

「そうだね。今日はお昼ご飯どうしようか。お弁当作ってないから、うちのお昼ご飯を持ってくる？」

うーん、って考える。今日は、ヒマな方だから弦さんに交代してもらってどこかへ食べに行ってもいいんだけど、あの人にももう一度会いたいし。

「〈まるいち弁当〉さんで買ってこようか」

「うん。じゃあ私買ってくるね。何がいい？」

「えーとね」

メニューが載っているチラシを出す。

「今日はロースカツ弁当にしようかな」

「オッケー」

瑠夏がぴょん、って跳んで車から出ていって、道路向かいにある〈まるいち弁当〉さんに向かって走っていった。信号待ちしている間にも瑠夏は足踏みしてる。

ラジオがチカチカ光った。

『すばる』

「なに？」

『〈まるいち弁当〉さんは、どんなお店なんだい？』

「あぁ」

道路向かいにミラーは向いていない。

「見てみる？」

『頼む』

運転席側に付いているサイドミラーを思いっきり捻って、道路向かいの〈まるいち弁当〉さんに向けた。

「見える？」

『あぁ、見えた見えた。なるほどピンクの看板だ』

「でしょ？　店員さんのユニフォームもピンク。あ、ちょうど今瑠夏がお店に入っていった」

『うん、見えた。ありがとう』

ミラーを元に戻したときに、瑠夏からＬＩＮＥが入った。

【あの人がいる！】

【あの人？】

【ピンクの軽自動車のおばさん！　今、お弁当を持って店を出ていく！】

おっ、って思って〈まるいち弁当〉さんを見たら、確かにあの人が出てきた。お弁当が入った白い袋をぶらさげている。

【私には気づかなかったみたい！　っていうかお弁当頼んじゃったから出られない！】

【りょうかーい】

そのまま歩いてくるのかな、って見ていたら、信号を渡って向かってきた。

「父さん、あの人が来たよ」

『そうか』

女の人が僕の方を見て、少し微笑んだ。

改めて見ると、確かにおばさんなんだけど、きれいな人だ。美しいって感じじゃなくて整った顔立ちの人。

シトロエンまで来て、受付票を出してきた。

「お疲れ様です。さっきはありがとうございました」

「いいのよ。こっちが勝手にやったことなんだからお礼なんて言わないで」

「それは、〈まるいち弁当〉さんのお弁当ですよね？」

車のキーを出した。時間は二時間近くになっている。

「あぁ、そうよ」

「あそこは〈花咲小路商店会〉の準加盟店なので、レシートを出していただければ駐車料金、無料にしますよ」

「あら、無料は、千三百円以上だったら一時間だけでしょ？」

　お弁当はひとつだけで五百三十円よ、って言う。

「さっきのお礼です。あのままだと本当に困ったことになっていたので」

　そう言ったら、女の人は真面目な顔をして、首をゆっくり横に振った。

「それは、いけないわ。商売は商売よ。ましてや駐車場は小銭で稼いでいるんだから、そんな気を遣わなくていいの」

　そう言って三百五十円を出してきた。これは押してもダメだと思って、素直に受け取っておいた。

「ありがとうございます。この辺で定期的なお仕事をされてるんですか？」

　訊いたら、ニコッと笑った。

「そうね。定期でもないんだけど。ちょこちょこね。じゃあ、お仕事頑張ってね」

　さっ、と素早く歩き出して、自分のピンクの軽自動車に向かった。

　うん、あれは自分のことは話す気はないって感じだ。

　エンジンを掛けて、ゆっくり駐車場から出ていった。ちょうどそこで瑠夏が駆け込んできた。

「間に合わなかった！」

「残念」

「どうだった？　何か話せた？」

「何にも。名前も職業もわからなかった」

「えー、プライベートは明かさないって感じ？」

「うーん、いやそんなんでもないけど、まぁ僕が子供扱いされてるって感じかなぁ」

あぁ、って瑠夏が頷く。

「対等に扱われていないって感じ」

ラジオがチカチカ光った。

『そうでもないと思ったけどね』

「そう？」

『対等に扱っていないというより、自分みたいなおばさんに興味は持たなくてもいいから、若いんだから頑張ってしっかりと仕事をしなさい、と。そんな感じの対応だったんじゃないかな』

なるほど、って瑠夏が頷いた。

「おじさんが聞いててそう思ったんなら、そうでしょうね」

『まぁ、これからも利用してくれるんだろうから、いつか個人的な話もできるかもしれないさ』

「そうだね」

いい人が常連さんでいてくれて良かったと思っておけばいいんだ。

☆

瑠夏と二人でお弁当を食べていたら独特なエンジン音が聞こえてきて、あぁ、って思ってしまった。あれは権藤さんの乗ってる車だ。ものすごく古いトヨタのランドクルーザー。ジープみたいな形をしているやつ。

ゴワンゴワン！　って感じの音をさせながら駐車場に入ってきて、そのままいちばん奥の空いているところに停める。

いつもなんだけど、権藤さんは停まった後にしばらく何かを車の中でやっているんだ。煙草（たばこ）を吸っているのかそれとも何か仕事のことを考えているのかわからないけど、四、五分は経ってからようやく車から降りてくる。

いつも何をしているのか訊こうかなって思うんだけど、何せ権藤さんの商売柄、話せないこともたくさんあるだろうから訊けないでいるんだ。

ドアが開いて、権藤さんが降りてきた。

こっちを見ながら、よっ、と軽く手を上げてきた。

いつものグレーのよれよれのスーツに茶色の革靴にくたびれた革の鞄。テレビに出てくる刑事さんってほとんど手ぶらなんだけど、権藤さんの話ではほとんどの刑事は自分の鞄を持って出歩いているんだって。

刑事の、権藤さん。

そういえば下の名前は知らない。聞いたけど忘れたのかもしれないけど、〈和食処あかさか〉の淳ちゃん刑事さんと同じ署にいる刑事さんだ。

二人は仲良しみたいだけど、でも部署は違うらしい。淳ちゃん刑事さんは殺人とかも扱う刑事さんだけど、権藤さんは主に窃盗(せっとう)、つまり泥棒なんかを担当する刑事さん。だから、泥棒が盗品を持ち込むかもしれない〈田沼質店〉には昔からずっと出入りしていて、瑠夏とも僕とも顔馴染みだ。

「お疲れ様です」

瑠夏と二人で声を揃えて言ったら、権藤さんが笑いながら軽く頷いて、キーを差し出してきた。

「久しぶりだなお二人さん。相変わらず仲が良くて嬉しくなるぜ」

「何で嬉しくなるんですか」

「年寄りはな、若い男女に明日への希望を持ちたいもんなんだよ。あぁいいぜ、急いでないからメシを食ってろよ。景気はどうだい社長さん」

「駐車場は突然儲かったりしません」

そりゃそうだ、って権藤さんは笑う。

「瑠夏ちゃん、ばあさんは元気かい」

「元気ですよー。寄りますか?」

「後で顔出すよ」

「〈あかさか〉でお昼ご飯ですか」

「そうだ。小一時間で戻るけどな、その前にすばるちゃん」

「はい」

権藤さんがちょっと真面目な顔をした。

「ちょいと訊きたいことがあるんだけど、車の中に入っていいかな」

「あ、どうぞ」

瑠夏がちょっとズレて、どうぞどうぞ、って場所を空けた。権藤さんがシトロエンの後ろに入ってきて椅子に座って、うん、って大きく頷いた。

「やっぱりこん中は居心地いいよな」

「そうですか？」

「これぐらいの狭さでさ、どこにでも手が届くってのはいいだろ」

「あ、その気持ちはわかります」

瑠夏が笑った。

「私の部屋、広過ぎてちょっと面倒なんですよね」

「あそこな。確かに広そうだ」

権藤さんが〈田沼質店〉の蔵の、瑠夏の部屋の窓を見上げながら言った。そう、あそこは広いんだ。蔵だからそうは言わないだろうけど、ワンフロアーが全部瑠夏の部屋。

「でな、お二人さんよ」

権藤さんが、見る度に僕はそう思ってしまうんだけど、百年ぐらい経っているんじゃないかって思うほどに、ものすっごくくたびれている革の鞄から黒いファイルを取り出した。

「この男なんだけどな」

ファイルを開くと透明なシートの中に何か書類が入っていて、そこに男の人の顔写真も付いていた。

これは。

「犯罪者ですか」

「もちろんそうだ。俺がお笑い芸人の写真をわざわざ見せないよな」

ごもっともです。瑠夏が難しい顔をして覗き込んでいる。

「やっぱり悪そうな顔をしてますよね」

「こういう写真はそういうふうに写っちまうんだがな。加島(かしま)っていうまぁ人殺し以外は何でもござれっていう男だ」

「悪党ですね」

「とは言っても、大したことはやりゃしない。しかも何度も捕まっているのでそんなに頭のいい奴でもない。刑務所を出たり入ったりの男なんだが、こいつがここに車を停めたことはないか。もしくは質屋に出入りとかは」

そういう話か。

「ちょっと失礼します」

ファイルを権藤さんの手から受け取って、じっくりと顔を見た。ついでに、ウィンドウの方へ向ける、つまり明るい方へ向けるふりをしてルームミラーに映るようにした。父さんにも見てもらうために。

でも、僕は見たことはなかった。たぶんだけど。

「ちょっとわかんないですね。少なくとも何度もここに来てるってことはないと思いますけど」

そのまま瑠夏に手渡した。瑠夏の記憶力は、けっこうスゴイはず。質屋に来た人の顔は一回見ただけでも大体覚えていて、随分前にも権藤さんの捜査にも役立ったんだ。

瑠夏が唇を尖らせながらじーっと見ていた。

「来たことないと思います」

そう言いながら権藤さんにファイルを返した。

「そうか」

うん、って頷きながら権藤さんはファイルに手を伸ばして受け取った。そしてシートから一枚の紙を取り出した。コピー用紙だ。さっき見た写真がきれいにコピーしてある。

「こいつは窃盗やら何やらで三年ほど別荘に入っていたんだがな」

「臭い飯を食ってってやつですか」

権藤さんが笑った。

「今はそんなに臭くはないんだが、そういうことだ。で、まぁきちんとお勤めをして一ヶ月前に出所した。ところがな、出たはいいんだが何故かわからんが、あちこち脅して歩き回っているっていう話が入ってきてな」

脅し。

「何で、脅してるんですか」

「どうもな、こいつの昔の女を捜しているらしい」

昔の女か。またベタな理由だ。

「何で捜しているかは、わからないんですね」

「そういうことだ。犯罪絡みの可能性があるなら堂々と見張って何をしてやがるんだとそれこそ脅すんだが、何もしていない奴をずっと見張っていたら人権侵害だと騒がれるご時世でな」

うん、って瑠夏と二人で頷いた。

「どうやら加島は車で移動してるようだし、この近くにも立ち寄っているらしいんでな」

わかりました、って頷いた。

「見かけたら、すぐに権藤さんに電話ですね」

権藤さんが、大きく頷いた。

「まだ捜査の段階じゃないんでな。俺の携帯に直接でいい。頼むぜ。後で〈田沼質店〉に寄るからよろしく言っといてくれ」

「はい」

権藤さんがポン、と軽くファイルを叩いて鞄の中にしまった。

「そういえば」

瑠夏だ。

「その昔の女、っていう人の写真とかはないんですか？」

ん？　って権藤さんは少し首を捻った。

「あるこたぁあるが、十年も二十年も前の写真だがな。見たいか？」

「一応見ておくと、その人をこの近くで見かけたら、その加島って悪党が現れるかもしれないって準備ができるような」

うん、って権藤さんが頷く。

「さすが〈田沼質店〉の跡取りだ」

鞄からまたファイルを取り出して、えーと、とか言いながらあちこちめくっていた。

「あぁ、これだこれだ」

シートの中から、写真を取り出して瑠夏に見せた。僕は運転席から後部に移動して瑠夏の後ろに回った。

集合写真だ。女性ばっかり写ってる。

「まぁその女は別に犯罪者ではない、カタギの人なんで身元を明かすのは何なので言わないが、このな」

権藤さんが指差す。

「髪の毛の長いちょいと美人な女が、加島の昔の女だ」

僕と瑠夏は写真を凝視していた。三十人ぐらい写っている集合写真は、何だろう。

「社員旅行か何かの写真ですか？」

「その通り。当時その女が勤めていた会社の慰安旅行だな」

だから、小さくしか写っていない。

写っていないんだけど。

「すばるちゃん」

瑠夏が、呼んだ。

「うん」

僕も何となく小声になってしまった。その様子に、権藤さんの眉間に皺が寄った。

「見たことあるのか？」

「ある、とは、言い切れないんですけど、瑠夏はどう？」

瑠夏が思いっきり首を捻った。

「私も、言い切れない。でも、似てるよね？」

「似てる」

頷いた。確かに。

「知り合いにか？」

二人で権藤さんを見た。

「ついさっき、ここから出ていった常連のお客さんです。いつも車を停めに来る」

「マジかよ」

マジなんです。

「でも、本当にそうかはわかりません。この写真じゃ顔が小さ過ぎるし、何十年も前なんでしょう？」

写真の女性は何となくだけど二十代にも見える。

「確か、十五年かそこらも前だな」

「ここの常連さんのその女性は、たぶん四十代です。だよね？」

瑠夏に訊いたら頷いた。

「間違いなく四十代です。ひょっとしたら若々しい五十代かもしれないですけど」

「雰囲気は似てるんだな？」

「似てます」

髪の毛の長さは全然違うけど、目元とか顔形とかの雰囲気が似ている。でも、別人だよって言われたら、他人の空似なのかって思ってしまうかもしれない。

「名前は」

「わかんないんです」

「わかんないのか」

常連と言っても、車を停めに来るだけだから名前なんか知らなくてもいいし。

「じゃあ、どこに住んでるとか何をしてるとかも何にもわからないんだな？」

そうです、って瑠夏と二人で頷き合った。

権藤さんが、むーん、と唸った。

「権藤さんは、この女性が今どこにいるかわからないんですか？」

瑠夏が訊いたら、頷いた。

「犯罪者じゃあないんでな。むしろ昔に加島とかかわったばかりに迷惑を被った被害者と言ってもいい。だから、今どこで何をしているのかなんてさっぱりわからん。この写真も当時の捜査資料からようやく見つけて引っ張り出してきたんだ」

そうなのか。それじゃあ、本当にどうしようもない。

「まぁ、それはしょうがない。とりあえず、その常連さんが来たときには、それとなく名前ぐらいは確認してくれよ。それではっきりする」

「そうですね」

何て名前なんですか？　って訊こうと思ったけど、言わないってことは個人情報にかかわることだからだろうって納得した。

権藤さんがファイルをしまった。

「最近〈あかさか〉でメシを食ったか」

「食べてますよ。望さんのご飯の味ですよね？」

おう、って頷いて権藤さんはニヤッと笑った。

「そう言うと怒られるが、昔の〈あかさか〉よりまたさらに旨くなったよな」

僕と瑠夏もちょっとだけ笑った。

## 十　置き去りにされた車は

六月に入って天気予報で梅雨入りって言っていたけど、もう中旬なのにそんなに雨は続いていないような気がする。

いつものように駐車場を開けて、朝一番でやってきた常連さんの車を整理して、一息ついたのでシトロエンの運転席に座った。今日も曇り空だけど、薄い雲だから雨が降りそうな気配はない。空気もわりとカラッとしている。

『天気予報では雨の心配はないようだ』

ラジオがチカチカ光って、父さんが言った。

雨が降ると当然商店街もお客さんは減ってしまう。でも、〈花咲小路商店街〉はアーケードがあるから極端に減りはしないんだって聞いてる。むしろ、小雨ぐらいだったらアーケードの中を通る人の数は、増えるぐらいだって。

『まぁ通行量は増えても、駐車場にはほとんど影響ないけどね』

「そうだね」

儲からないけど、極端に落ち込みもしない。贅沢な暮らし方なんかできないけど、その代わりにある程度ぼーっとしていてもご飯を食べられないことはない。うちぐらいの規模の個人経営の駐車場ってそういうものだ。

『そもそもこの町は年間の降雨量が周りより少ないからね』

「そうなの？」

『周囲の山のせいなんだろうな。周りが降っているのに、ここだけ雲が切れて晴れ間になることが多いだろう』

　そう言われてみればそうかもしれない。生まれた町のことなのに、知らないことはたくさんある。

　本は人よりたくさん読んでいるからいろんな方面の知識はあるって自分でも思っているんだけど、学生じゃなくなって社会人になってからそう思うことがたくさんある。ほとんど毎日かもしれない。

『それは、大人でもそうだよ。知らないことはたくさんあるなとつくづく思うよ』

「たとえば？」

『たとえば、毎日買い物に行かないと野菜の値段なんかわからない。会社員で家のことは奥さんがやっている旦那さんは皆そうだろう？』

「そうだね」

『けれども旦那さんは会社というものをよくわかっている。人はそれぞれ自分の生きる場所を見つけて、そこで生きていく。父さんも教師だったから会社というものがどういうものかは、知識としてはあっても肌ではわからない』

そういうものだよね。

自分の生きる場所か。

父さんはそんな話をよくしてくる。それは、僕がさっさと〈カーポート・ウィート〉をそのまま自分の居場所にしてしまったからだと思う。専門学校や大学や、他の職業だって僕は選べたのに。

たぶん息子の、つまり僕の将来についてしっかりとかかわれなかったことを悔やんでいるんだと思う。いや今でもこうやって話はできるし、まだ高校生の頃からそういう話はしていたから、ちゃんとかかわっていると言えばそうなんだけど、生きているうちに何もしてあげられなかったって父さんは思っている。

それは、僕も充分にわかっているつもりだけど。

いつまでこうしていられるかなって、ときどき父さんは言うんだ。

それはもう本当に誰にもわからない。そもそもこうして話をしていられること自体がもうマンガみたいにとんでもないことなんだから。

『車が来たな』

父さんが言った。あれは、ベンツだ。かなり古いんじゃないかな。ゆっくりと走って本当にゆっくりと曲がって、そしてシトロエンの前でまたゆっくりと停まった。

ご老人が運転してるのかと思うぐらいに。

中から降りてきたのは、白いシャツを羽織って中に着ているのは赤いTシャツ、白いパンツという出で立ちで、メガネが銀縁。ひょろっとしているけれど、どこか、なんか、強そうと言うか、危なそうな人だ。瑠夏と一緒に歩いていてこの人が前から来たら、瑠夏をぐいっと引っ張って脇道に入りたくなるような人。

「ここでいいのかな？」

あ、でも喋り方や声は優しそうだった。人を見かけで判断してはいけない。

「はい、結構です。鍵をお預かりします。こちら、受付票です」

鍵と引き換えに渡すと同時にそのまま急ぎ足で商店街の方へ向かっていってしまった。

料金の説明をするヒマもなかった。

『古そうな車だね』

「古いと思う。ベンツだよ」

『ベンツか』

ラジオがチカチカチカッて三回ぐらい光った。そうやって光るときは父さんが〈魂の手〉を伸ばして車を観察しているときだ。

「車回すね」

エンジンは掛けっ放しだ。すぐに運転席に乗る。

「おー」

ドアを閉めると高い車の音がする。

これって本当にすぐわかるんだよね。価格が高い車はドアの閉まる音が全然違うんだ。古くなってもベンツはベンツか。

動かすと、やっぱり古い車っておもしろい。何だろう、直接ハンドルがタイヤを動かしてるって感じがするんだ。

空いているところに停めて、シトロエンに戻る。

「今のベンツ、どっか変なところあった?」

父さんに訊いたら、ラジオが光った。

『古いということはわかった。それ以外は普通だけど、使い方は荒いようだね』

「荒いって」

『いろんな人が使っていて、しかもけっこう乱暴な運転をしているような、そんな気がする。だから、個人の持ち物じゃないかもしれないな』

「社用車みたいな感じかな」

『そうかもしれないな。乗ってきた人に何かおかしなところはあったかい?』

「うーん」

微妙だ。

父さんにはたぶん後ろ姿しか見えなかった。お客さんの顔が正面から見えるミラーを車内に付けようかって話も大分前にしたけど、それもちょっと失礼だろうって話になっている。

「おかしいのかもしれないけど、とりあえずは普通のお客さんだと思う」

『少し危なそうな感じかな』

「そんな気もする」

人は見かけによらないっていうけど、実はけっこう見かけによるんだっていうのは父さんも弦さんも言ってる。それと同じぐらい、車も乗っている人に似てくるって言ったのは弦さんだ。

もちろん、大抵の人はその車が好きで乗っているんだから、車の中もその人の好みになっていくことが多い。反対に、車の中に何の個性もない人、つまり買ったときのまんまの人は車は趣味じゃなくて単なる道具って人だ。

あのベンツの中は特に変な趣味はなかったけど、煙草や何かの臭いがすっごく染み付いていた。

☆

駐車場をやっていて何がいちばん困るかって言うと、車を置きっ放しにされることだ。そもそも駐車場じゃなくても、自分の土地とか家の近くに誰のかわからない車を放置されたらすっごい困ると思う。

「困ったね」

「うん」

カレーライスにしたからって言って瑠夏が晩ご飯を持ってきてくれた。なので、一緒にシトロエンの中でカレーライスを食べて、それから瑠夏は家に戻ってお風呂に入ったりなんだりしてまた戻ってきたのは、九時半。

もうすぐ、〈カーポート・ウィート〉は営業終了。

駐車場にはまだ取りに戻ってこない車が一台ある。

あのベンツ。

「初めてだね」

「初めてだけど、まだ時間はあるから」

あと、三十分ある。もっとも営業時間は終了しても僕はここにいるわけだから、何時に戻ってきても対応はできるんだけど、あの車を置いていった人はたぶん僕がここに住んでいることは知らないと思う。

今まで、車を置きっ放しにされたことはないんだ。随分長い間取りに来ないなぁと思っても、せいぜい四時間とか五時間だった。泊まりになる人はもちろん最初から言ってくるし。

開場から閉場まで車を置くと、朝七時から夜十時までだから十五時間。一時間二百円だから三千円。最初から一日置いていく、ってことにしてもらえれば割引して二千五百円にするけど、何も言わないでずっと置いておくと、そのまま三千円貰うことになっている。

　このままで行くとあのベンツの持ち主には三千円を請求することになるんだけど。

　ラジオがチカチカ光った。

『とりあえず、十時を回っても照明は点けておくといいよ。遅れてくる可能性もなきにしもあらずだから』

「そうだね」

　駐車場を閉めた後は、もちろん営業終了だから僕は何をしても自由だ。弦さんの家に行って一緒にテレビや映画を観たりすることもある。大学に行った高校時代の友達と遊びに行くこともあるし、瑠夏の部屋でゲームをしたりもする。ごく普通の十九歳の男の過ごし方をする。

　でも、今日は大人しくシトロエンの中で過ごした方がいいみたいだ。

「このままずっと取りに来なかったらどうなるの？　車は没収？」

　瑠夏が訊いてきた。

「没収なんかできないよ。それどころか、何もできない」

「何も」

　そう、何も。

「うちは場所を時間で貸しているだけだから、あの車は車の持ち主のもの。人がそこに置いてあるものを勝手に動かしたらダメだろう？　だから、どこにも移動できないんだ」

　まぁ車の鍵を預かっているんだから、駐車場内で車を置く場所を僕が移動させる分には何も問題ないけれど。

「警察に電話してレッカーしてもらうとかは」

「駐車違反じゃないんだから、それもできない」

　警察は、民事不介入。

『時間貸の駐車場というのは、契約書こそ交わさないけれど、個人との契約だからね。何かのトラブルはあくまでも借主と貸主で話し合って解決しなきゃならないんだ。賃貸の部屋と同じだね』

「そうなんですか。え、でも訴えたりとかは」

「持ち主が誰かもわからないのに、訴えられないよね」

　瑠夏が、ぽん、と手を叩いた。

「そうだった。運転手さんが誰かもわからないんだもんね」

「そういうこと」

　まずは、待つしかないんだ。

「そもそも駐車場に車を置くときに、何時に戻ってくる、という約束もしないよね？」

「そうだね」

普通は何時間かで戻ってくる、という慣例というか、お互いに常識で判断して暗黙の了解のうちにやっていること。

もしもかなり時間が掛かるようなら、良識ある気遣いのできる大人なら「〇時間ぐらいで帰ってくるけど大丈夫かな」ってちゃんと言ってきてくれる。そういうものだ。

「だから、必ず戻ってくる、という前提において、駐車場の貸主である僕はただひたすら待っているだけなんだ。車の持ち主が帰ってくるのを」

そして、車を置いていた時間の分だけの料金を請求する。

それが、時間貸駐車場の権利であり、仕事。

なるほどそうだった、って瑠夏が腕組みして唇をへの字にして頷いた。

「今まで考えたこともなかったけど、確かにそうだね。このまま一週間、いや一ヶ月車を置いとかれても、すばるちゃんは文句を言えないんだ」

そういうことです。

「でも、待ってる間にできることは、何かないの？」

ほとんどないけれど。

「記録だね」

「記録」

どんな商売でもそうだろうけど、基本はその人を信用するところから始まるけれど、世の中、善人ばかりじゃない。

「念のために営業時間終了の十時を回ったらするけど。この車の持ち主が犯罪者って可能性もあって、車も犯罪に使われている可能性だってある」

だから、写真を撮る。そして受付票の写しや発行した時間や、ここの駐車場の見取り図を添付して最初に置いた場所なんかも全部記録する。

「いざというときのためにね」

「そういうことです」

『そうして、本当の最終手段として、警察に連絡して正式な形でナンバー照会してもらうんだよ』

「運輸支局(うんゆしきょく)ってところですね!」

そうそう。そこ。

「警察でナンバー照会してもらって、それが犯罪に関係しているものだってわかったら警察が動いてくれて僕は何もすることがなくなるけど、そうじゃなかったら車の持ち主の記録を運輸支局で確認して、取りに来てくださいってこっちから連絡するしかない」

『それも、持ち主がわからない場合もあるから厄介だよね』

そうらしいんだ。

「わからないんですか。運輸支局でも？」

『そういう場合があるらしいね。何せやったことがないからわからないけれど、持ち主が変わっていて結局その所在も不明という車はけっこうあるらしい』

「聞いた話だけどね」

　持ち主が判明してその人に連絡を取っても、そんな車は知らないってこともあるらしいし、そもそも持ち主から返事が来るとも限らない。

「何度電話しても手紙を出しても一切連絡が来ないってこともあるらしいよ。そうなると、どうしようもない」

「厄介だねー」

「厄介なんだ」

　瑠夏も僕もウィンドウの向こうのベンツを見た。

「そうならないように、早く取りに来てくださいって祈るしかないんだけどさ」

　でも、残念ながらその祈りは全然届かなかったんだ。

　一日経っても。

　二日経っても。

　三日目になっても、あのベンツを置いていった男の人が車を取りに戻ってくることはなかった。

日曜日の朝。

うむ、って感じで、ベンツの前に仁王立ちして弦さんが頷いた。その横で中村さんは顰めっ面をして、同じように頷いた。

「とりあえず、手入れは全然されてないな」

弦さんが言うと、中村さんがしゃがみ込んでタイヤを見た。

「ほとんど丸坊主になってきてるよ。ひどいなこりゃ」

「うずうずしてくるな」

弦さんが言う。元は整備工だから、整備されていない車を見てるとすぐにボンネットを開けたくなってくるんだっていつも言ってる。

中村さんはそのまま車の中を覗き込んだ。

「まぁ変な改造をしていないだけマシか。いい車なんだよねこれ。大事にすればあと十年だって乗れる」

中村さんはあれからずっと弦さんの家に住んでいるんだ。

弦さんが探してくれた整備工の仕事がないわけじゃないんだけど、〈花の店にらやま〉の柾さんがこの間朝野球をやっていてアキレス腱を切ってしまったんだ。

それで、配達の手が足りなくなってしまって、稲垣さんに頼まれてお花の配達を一手に引き受けている。もちろん、ずっとその仕事をやるわけじゃなくて、あくまでも柾さんが普通に歩けるようになるまでね。

そんなことは考えなくてもいいと思うんだけど、僕や稲垣さんにお世話になった恩返しもあるから、柾さんが完全に治るまでここにいるって。駐車場の留守番もときどき引き受けてくれるし、ちょうどいいって言って、商店街のお店の車の整備なんかもアルバイトでやってくれてる。

「で、どうするんだ。すばる」

弦さんが言った。

「もう少し待ってみようと思うんだ」

今日で三日目。

「今日一日待って、取りに来なかったらナンバー照会してもらうつもり」

そうか、って弦さんが頷いた。

「交番か？」

「そうだね」

刑事の権藤さんや淳ちゃん刑事さんに頼んでもいいんだけど、二人ともそういう部署じゃないから迷惑だろうし。交番にいるお巡りさんの角倉さんか三太さんにお願いしてみる。あそこは正式には〈花咲小路駐在所〉なんだけど、皆、交番って呼ぶんだよね。

中村さんは中腰になりながら車のドアやあちこちを触ったり、車の下を覗き込んだり、軽く叩いたりしている。どこか整備不良なところがないかを調べているんだと思っていたんだけど。

急に険しい顔をして立ち上がって、僕と弦さんを見た。

「どうした」

弦さんが言うと、唇を歪めてちょいちょいと後ろの右側のドアを指差した。

「ちょっとここ、叩いてみてくれます？」

弦さんがすぐにしゃがみ込んで、ドアを軽く叩いた。場所を変えて何度も何度も軽く叩いて音を聴いてる。

「どうしたの？」

弦さんも何だか渋い顔をして、今度は反対側のドアへ回っていくのでついていった。そしてまたドアを軽く叩いて音を聴いている。

「何かが、ドアの向こうにあるみたいだな」

「何か？」

中村さんが思いっきり嫌そうに顔を顰める。

「たまーにあるんだよなー。そういうの」

「あるって」

まさか。

「ドアの中に何か変なモノが入っているとかいうことじゃないでしょうね」

小説やマンガではよくあるパターンなんだけど。

「さすが察しがいいね」

　中村さんが言う。

「そうなんですか？」

「わからない。ドアの内から内装を剝がしてみないと何とも言えないけど、オレの経験からすると、この車のドアの内側には何かが詰まっているような気がする」

　弦さんが、頷いた。

「俺もそう思うな。明らかに音の響きが違う」

　マジですか。

「勝手に内装をバラすのは」

「ダメですね。犯罪になっちゃいます」

　そうだよね、って中村さんが頷く。

「でも車に乗り込んでちょっと様子を見るのは」

　駐車場内で車を移動させるために乗り込むのは、貸主である僕の自由裁量だ。

「乗ってみますか？」

「そうしよう」

　弦さんも頷くので、走ってシトロエンまで行ってベンツの鍵を持ってきて、ドアを開けた。中村さんは素早く後ろの右側のドアを開けて、内側をコンコンと叩いてから、ちょっと首を捻った。

「すばるくん、木槌はあったかな?」

「ありますよ」

「ついでに乾いた雑巾も!」

大抵の工作道具はシトロエンの中に積んである。また走ってシトロエンまで行って、木槌と雑巾を持ってきた。

中村さんに渡すと、ドアの内側に雑巾を当てて、その上を木槌でコン! と叩いた。それを場所を変えて何度か繰り返した後に、今度は反対側のドアも開けて、同じように叩いた。

「決定ですね」

弦さんを見た。弦さんも頷いたし、僕もわかった。

明らかに音の響きが違う。

「何かが、このドアの中に入っている」

三人で顔を見合わせてしまった。


「ヤバいんじゃない?!」

瑠夏に言うと、箸を持ったままぴょんと跳び上がりながら言った。

「いや、わかんないから」

お昼に瑠夏が持ってきてくれたお弁当は、昨日の残りのお煮しめに豚肉をマヨネーズ付けて焼いて巻いたもの、それにだし巻き卵に、大根とニンジンのサラダ。

「こっそりドアの内装剝がしてみるとかできないの？　バレないように」

「無理なんだって」

弦さんと中村さんにも一応確認したけど、やっぱりそれはできないって。車の内装はそういうふうには作られていないんだ。

「だって、ドアの中に隠しておくものなんて、アレしかないでしょ」

まぁ確かに僕もそう思うんだけど。

『はっきりと断言できないからね。ひょっとしたら単純に泥が詰まっているだけかもしれないんだ』

「泥ですか」

『弦さんの話ではそういうこともあるらしい。廃車になった車を解体したら、ドアの隙間から入っていった泥や土が詰まっているとかね』

「そうなんですか」

そうらしいんだ。

「おじさんの感覚でも、何が入っているかわからないんですか」

瑠夏が言うと、ラジオがチカチカ光った。

『そこまでは私もわからないんだ。トランクや座席に人間ぐらいの何か重いものがあれば、けっこう正確に生物か単なる物かぐらいはわかるんだけどね。仮に、あくまでも仮にだけど、その〈粉〉みたいなものであるなら、軽いからね』

「金塊とかって話もありましたよね！」

「あー、あるね」

父さんが笑うのがわかった。

『金塊と一口に言っても、重さは全然違うからね。仮に二十キロや三十キロもの金塊があのドアに詰まっているのなら、それは私が感じなくても見た目でわかると思うよ』

「あ、そうですね」

その通り。それだけ片側に詰まっていれば、車はある程度は傾くもの。だから、何が入っているにしろそんなに重いものじゃないのは確か。

「じゃあ、やっぱり持ち主が来るまで待つしかないんだ」

「一応、権藤さんに電話しておいた」

「権藤さん？」

「そう」

はっきり怪しいとわかっているなら交番に言ってもいいんだけど。

「何とも言えないから、権藤さんの携帯に電話しておいた」

「電話しておいたってことは、留守番電話だったのね」

「伝言だけ入れておいたよ。急ぎじゃないので時間のあるときに電話くださいって」

ラジオが光った。

『車が入ってくるみたいだよ』

父さんが言ったので二人で同時に外を見たら、反対車線からこっちに向かって曲がろうとしてウインカーを出している車があった。そして思わず二人で「わお」とか言ってしまった。

ピンクの軽自動車。

運転しているのは、あの人だ。

「何ていうタイミング」

瑠夏が小さな声で言った。本当にだ。ひょっとしたら今にも権藤さんから電話が入るかもしれないのに。

「すばるちゃん、今度こそ名前訊かなきゃ」

「うん」

何とか訊き出してみよう。まだ車の流れが途切れないので、曲がってこられない。

瑠夏と二人でじっと待っていたら、またラジオが光った。

『すばる』

父さんがすごく小さな声で言った。

『こっちに向かってくる男性がいるが、あれはひょっとしたら』

「え？」

見た。

思わず身体に力が入った。

「瑠夏。驚かないで動かないでよ」

瑠夏の身体が箸を持ったまま固まるのがわかった。

あの人だ。

権藤さんが見せてくれた写真の、加島って刑務所帰りの男の人。

間違いない。

まっすぐシトロエンに向かってきて、そして駐車場を見回した。

「あぁ、済まないが」

呼ぶので、慌てて車から降りた。ピンクの軽自動車はまだ入ってこられないみたいだ。

「何でしょうか」

加島って男の人が、ひょいとベンツを指差した。

「あの車を取りに来たんだがな」

「え？」

ベンツを？

驚いたり変な顔をしたりしないようにした。営業スマイル。

「確か、違う方が置いていったと思うんですが」

加島さんは、苦笑いみたいな顔を見せた。

「友達なんだよ。置きっ放しで放っておいたんだろ？　ちょいと事情があってね。新島っていうんだけど、そいつが取りに来られなくなったんで、取ってきてって言われたんだ。もう三日目だろ。悪かったたって言ってたよ」

事情を知ってる。

ということは、ベンツを置いていった人の知り合いなのは間違いないようだけど。

「受付票はありますか」

何となく答えはわかっていたけど、訊いてみた。

「あぁ」

加島さんは、片手を広げて見せた。

「悪いな。なくしたみたいなんだ。でもちゃんと置いといた時間分の料金は払うからさ。問題ないだろう？」

きっと僕の頭の中ではとんでもない勢いでいろんな考えが駆け巡っていた。

事情を知っているようだったら受付票を持っていなくても了解する場合が多い。受付票をなくしたからっていちいち揉めていては面倒なんだ。その日に車を置きに来た人の顔ぐらいはちゃんと覚えているし、料金だって百円単位だから揉めることもない。

今回は人は違ってはいるけれど、確かに事情を知ってる。お金も払うと言ってる。

そもそも個人の車じゃなくて、会社の車かもしれないんだから、違う人が取りに来ることだってないわけじゃないんだ。

だから、正解は。

「はい、わかりました」と言って、お金を払ってもらって鍵を渡してお引き取り願う、だ。仮にその先に何かがあっても僕には責任は生じない。

でも、あの車。

そして、この加島さん。

明らかに、怪しい。

怪しいからと言って僕がここで車の受け渡しを拒否しても、何も始まらない。そもそも拒否する正当な理由は何もないんだ。

ここで、「刑事さんからあなたのことを聞かされていますから」なんて言えるはずもないし言ったらとんでもないことになるかもしれない。

きっと、瑠夏も気づいている。

チラッと見たら、もうスマホを耳に当てている。きっと権藤さんに電話していると思うんだけど、まだ留守電の返事は来ないんだから、今も留守電の可能性は高い。その証拠に瑠夏はスマホを耳に当てたまま、険しい顔をしている。

繋がらないんだ。

どうしたらいいんだろうってパニックを起こしかけた。

たぶん、加島さんが「問題ないだろう?」って言ってから一秒も経っていない。

でも、次の瞬間に、希望が見えた。

商店街の方からこっちに向かって歩いてくる人が、背の高い男の人が、見えた。

淳ちゃん刑事さん。

僕が駐車場のところで立ち話をしているのに気づいて、そして僕が淳ちゃん刑事さんに気づいたのにも気づいて、笑顔で軽く手を上げてきた。

スーツを着ていない。長袖のヘンリーネックのカットソーに、ジーンズっていう普段の恰好だ。

っていうことは、非番かお休みの日なんだ。

どうしてこっちに向かってきたのかはわからないけど、これこそ天の助けってものじゃないか。

そして、僕は気づいていなかった。

僕が淳ちゃん刑事さんに気を取られた瞬間、加島さんは僕の後ろ側に眼をやっていた。そこは駐車場の入口で、ちょうどピンクの軽自動車が入ってきていたんだ。

シトロエンの前で停まって、あの女の人がエンジンを掛けたまま運転席から出てきていた。僕が外で立ち話をしているのが見えていただろうから、こっちを見ていたんだ。

加島さんは、あの女の人を見ていた。

僕は、淳ちゃん刑事さんを見ていた。

そして次の瞬間、加島さんは僕の視線が自分の後ろに行っているのに気づいて、振り返った。

空気が、急に動いた。

僕を見て笑顔になっていた淳ちゃん刑事さんの表情が一瞬にして変わった。

加島さんは右足に力を込めて走り出して、僕の肩にぶつかった。

淳ちゃん刑事さんもまるで跳ぶようにして走り出した。

小さな、でも強い悲鳴が上がった。

あの女の人だ。

加島さんが、あの女の人を摑まえてまるで放り込むようにして車の中に押し込むと同時に、自分もピンクの車の中に飛び込んでいった。

まだドアが半分開いているうちに、女の人が運転席から助手席に身体半分押し込まれている間に軽自動車が勢い良くバックを始めて、そして車道に飛び出していった。

突き飛ばされてよろめいた僕は、シトロエンの中から瑠夏が飛び出してくるのが見えて、そのままシトロエンの横に回っていったのがわかった。

何をしようとしているのか、すぐにわかった。

淳ちゃん刑事さんはあと一歩で、ピンクの軽自動車に追いつけなかった。

「淳ちゃん刑事さん！」

僕はシトロエンの運転席に飛び込みながら呼んだ。

「乗ってください！」

「外したよ！　オッケー！」

瑠夏の声が聞こえてそのまま後部座席に飛び込んできた。一瞬何を言われたのかわからなかったみたいだったけど、淳ちゃん刑事さんはすぐに助手席に走り込んできた。

「大丈夫なのか！」

淳ちゃん刑事さんは少し躊躇うようにして言ったけど、大丈夫。電気も水道も車止めも全部瑠夏が外してきた。

「行きます！」

バックミラーを見てシトロエンを急発進させた。

普段なら、絶対にしないとんでもなく乱暴な運転。

このシトロエンはもうすごいクラシックカーって言ってもいいぐらい古い車だけど、実は、違法じゃない程度に、ひょっとしたら違法なのかもしれないけど僕は全然わからないけど、弦さんがチューンナップしてくれているんだ。

エンジンも足回りも今の車と比べたって見劣りしない。軽自動車ごときに後れを取ったりしない。

「瑠夏！　弦さんと中村さんに電話しておいて！　駐車場を頼むって！」

「わかった！」

淳ちゃん刑事さんも自分のスマホを取り出して、どこかへ電話していた。

「赤坂です！　権藤刑事に連絡つくようならすぐに僕の携帯に電話するように伝えてください！」

電話を切って僕を見ている。

「すばるちゃん、ゴンドさんに電話したのは、あの加島の件なのか?!」

「たぶんそうです！」

ピンクの軽自動車は、シトロエンの三台前を走っている。このシトロエンで追っていることに気づかなきゃいいんだけど、それは虫のいい話かもしれない。赤い大きなシトロエンはいやでも目立つ。

「淳ちゃん刑事さん、あの加島さんの件に絡んでいるんですけど、誰かにうちの駐車場に停まっているベンツを調べてもらうことはできますか？」

「ベンツ？」

「あの人が取りに来た車なんです。でも、何か怪しいんです」

「怪しいとは？」

「弦さんの話ですけど、右の後ろのドアの中に何かが詰まっているような感じがあるって」

淳ちゃん刑事さんが僕を見たまま、すぐにスマホを耳に当てるのがわかった。

「あの女の人」

瑠夏が前に身を乗り出して来て言った。

「大丈夫かな」

「うん」

ラジオが、チカチカチカチカッて勢い良く点滅している。

わかってるよ父さん。

充分気をつける。

僕のドライビングテクニックを信用して。

## 十一　追跡と〈喫茶ナイト〉は

ピンクのニッサンの軽自動車は三台前にいる。ここは片側二車線だから無理矢理に追いつこうと思えば簡単にできるんだけど。

「淳ちゃん刑事さん、どうします？」

淳ちゃん刑事さんは眉間に皺を寄せた。難しい判断を迫られていることはよくわかる。

「あの女性はすばるちゃんの知り合い？」

「駐車場の常連さんです。でも、名前も何も知りません。一ヶ月に一回か二回車を置きに来るぐらいです」

「でもですね！」

瑠夏が後ろから身を乗り出して淳ちゃん刑事さんに言った。

「権藤さんが言っていた、加島さんの昔の女って人によく似てるんです！　写真でしか確認していないけど。それは権藤さんにも言いました！」

淳ちゃん刑事さんがちょっと驚いた顔をしてから頷いた。

「すると、彼女がその昔の女で、それで加島が拉致するように車に無理矢理乗せた可能性があるのか」

僕もそう思った。

っていうか、そうじゃなきゃおかしいと思う。

「悪魔的にタイミングがピッタリでした。あの加島さんがうちに置きっ放しだったベンツを取りに来たのと、あの女の人が車を置きに来たのと、淳ちゃん刑事さんが来るのと」

「まさにその通りだね」

そんなことに出会すなんて、きっと一生に一度あるかないかだ。

「すばるちゃん、ラジオが点いたり消えたりしてるけど大丈夫かい？」

「あ、大丈夫です。ちょっと接触不良なだけです」

父さんが何かを言いたいんだろうか。でも、淳ちゃん刑事さんがいるから声を出せない。淳ちゃん刑事さんはじっと前の軽自動車を見ている。僕も注意しているけど、中であの女の人が暴れているような感じもない。車の動きも不審じゃない。

「もしも加島が単純に僕の顔を見て逃げたんだとしたら、あの女の人を無理矢理車になんか乗せなかっただろう。突き飛ばして自分だけ車で逃げた方が楽だ。そうしなかったってことは、間違いなく昔の女だ。それなら、運転している限りはいきなりどうこうもないだろう。加島も事故って死にたくもないはずだ」

「そうですよね」

「加島さんって、淳ちゃん刑事さんの顔を知っていたんですね？」

「知っているよ」

「逃げたのは、やっぱりベンツの中にマズイものがあるからですか？」

瑠夏が言うと淳ちゃん刑事さんは首を傾げた。

「それはまだわからないね。まずは、追おう。すばるちゃん申し訳ないけど応援の車が追いつくまで頼むよ」

「任せておいてください」

淳ちゃん刑事さんのスマホが鳴った。

「はい。そうです。間違いありません、顔を確認しました。加島ですね。どうやら昔の女とすばるちゃんの駐車場でばったり出会したようです。はい」

きっと権藤さんだ。

「何もしてないんですよ。ただ僕の顔を見て逃げ出しただけです。その女性を無理矢理車に押し込んで、今一緒に乗っているんです。そうです国道を南に向かっています。すばるちゃんの赤いシトロエンで追っています。ちょっと待ってください」

淳ちゃん刑事さんが僕に向かって言った。

「すばるちゃん、あのベンツのキーを弦さんから受け取っていいかい？　すぐに中を調べるから」

預かったキーを保管するボードは取り外して駐車場に置いてきたんだ。ボードの鍵のスペアは弦さんが持ってる。

「いいです」

「確認取りました。すぐにやってください。はい。そうですね、そうしましょう」

電話を切った。

「すばるちゃん。済まないけど、警察があのベンツを調べ終わるまでこのまま追跡してくれるかい？」

「犯罪の可能性がないと、応援を出せないってことですか？」

「いやそうじゃない。もう応援の車は向かっている。でも、サイレン鳴らして緊急停止させても、ただ知り合いの車を運転しただけだと言われて、その女性もそれに同意したら何にもならない。警察としては何にもできないので、そのまま逃げられてしまったら終わりなんだ」

確かに。

あの女の人ならそんなことは言わないとは思うけど、全然保証できない。大人の男と女のことなんかわからないんだ。

「ベンツのナンバーを確認した。暴力団の車だったよ」

「暴力団！」

瑠夏がびっくりしていた。

「だから、そのドアに詰まっているものもひょっとしたら覚醒剤（かくせいざい）か何かかもしれない。それさえ確かめられれば、すぐに捕まえられる」

「でも、もしも犯罪に繋がるようなものが何も入っていなかったら？　ただの泥かもしれないって弦さんも言ってたけど」

瑠夏が言うと、淳ちゃん刑事さんも頷いた。

「そのときはどうしようもない。追えるだけ追って、どうして逃げたんだと問い詰めるだけだ。ひょっとしたら女性への傷害罪で取っ捕まえるかもしれない。今、ゴンドさんが車でこっちに向かっているから」

応援って権藤さんか。あの車で向かっているのか。

「ずっと走り続けるのは無理だろう。このシトロエンも目立つから加島もわかっている。あいつがどこで停まるか、だ」

「わかりました」

シトロエンの背は高い。だから運転席と助手席にいる二人の様子がよくわからないんだ。

「何を話しているんだろうね」

瑠夏が言った。

「わかんないよまったく」

「あの女の人なら、きっと説得してどこかで停まらせると思うんだけどなぁ」

「僕もそう思う」

そう言ったら、淳ちゃん刑事さんが僕を見た。

「何か、そう思う根拠があるの？」

子供を連れてパチンコしていたお母さんにあの女の人がしたことを教えてあげると、淳ちゃん刑事さんもなるほど、って頷いた。

「そういう女性なら確かにあり得るか。昔の女と言っても加島がそう言ってるだけって話もあったから、その話からすると正義感の強いしっかりした女性かもしれないね」

「そうですよ」

「あれ？」

瑠夏が声を出した。

「何？」

「そういえば淳ちゃん刑事さんはどうして駐車場に来たんですか？　何か用事があったんですか？」

そうだった。今日は非番かお休みのはずなのに。

「忘れてた。ちょっと待ってて」

スマホでどこかに電話した。

「あぁ、僕だ。ごめん、今事件めいたことに遭遇して、すばるちゃんと瑠夏ちゃんと一緒にシトロエンに乗ってる。そう、あれを走らせているんだ。ひょっとしたら犯人を追っている」

たぶん、電話の相手はミケさんだ。

「そう、詳しくは後から。大丈夫、絶対に二人には危険のないようにするから。うん。また後で電話する」

電話を切った。

「ミケさんですか？」

「そうなんだ。〈ナイト〉で出す料理のね、若い人たちの意見を聞きたくて味見に来てくれないかって頼みに来たところなんだよ。ちょうど買い物もあったからそのついでにね」

「あ、そうだったんですか」

「今夜だったんですか？」

「夕方ぐらいからね。〈ナイト〉に来てもらえないかなって」

そこにたまたまあの女性と加島さんが来たんだ。本当にすごい偶然だ。

「そういえば、〈ナイト〉の新しい名前は決まったんですか？」

今までは夕方からしか開かない〈喫茶ナイト〉だったところ。しかも喫茶って言いながら映画レンタルとかやっていたお店。不思議なお店で仁太さんと望さんがやっていたんだけど、今度はミケさんが新しいお店にするんだ。ずっと少しずつ改装をしていた。

「名前は、〈ナイト〉は使うつもりだって彼女は言ってるね。ただし、きちんと〈Knight〉にするって」

「ナイト?」

「ナイト?」

瑠夏と二人で同時に言ってしまった。

「きちんとナイトにするってどういう意味ですか」

淳ちゃん刑事さんが前を見たまま少し笑った。

「知らなかっただろう? あそこは夜の night じゃなくて、騎士の Knight って意味だったんだって話」

騎士の Knight。

それは知らなかった。そんな意味だったのか。

「あ」

ピンクの軽自動車が急にスピードを上げた。

「追いかけます!」

「何で急に?」

瑠夏が言ったけど、ひょっとしたら加島さんは今頃この車に気がついたのかもしれない。追いかけてきたってわかったのかも。

「すばるちゃん無理をするな。他の車を巻き込んだら最悪だ」

「わかってます」

「信号！　変わる！」

瑠夏が叫んだ。信号が黄色になるところをピンクの軽自動車は突っ込んでいって、そしてタイヤを鳴らしてUターンした。

今来た方向へ戻ってしまった。

「くそっ！」

僕も突っ込もうと思ったけど、この車は車高が高いからあんな急ハンドルは切れない。下手したら横倒しになっちゃう。信号が赤になって、止まってしまった。

「瑠夏見ててね！　どっちへ向かうか！」

「わかってる！」

瑠夏がシトロエンの最後尾に移動して窓から見ててくれる。バックミラーで追ってるけど、他の車の陰になって見えなくなった。

「淳ちゃん刑事さん、この車、屋根開くんです！」

「わかった！」

淳ちゃん刑事さんがすぐに気づいてくれて立ち上がった。天井の一部が天窓みたいに開くように改造してあるんだ。椅子の上に立ってそこから頭を出せばまだ見えるはず。たぶん道交法ではダメだけど緊急事態だし、淳ちゃん刑事さんは、刑事さんだし。

「二つ目の信号を左に曲がった！」

淳ちゃん刑事さんが下を向いて僕に向かって叫んだ。信号が変わる前に左右を確認して車が来てないのを確かめてからフライング気味で出る。これぐらいは捜査協力ってことで勘弁してもらおう。刑事さんが乗ってるんだし。

Uターンして、アクセルを踏み込んだ。

ラジオがチカチカ光った。

(すばる)

父さんだ。父さんが小声で喋っている。びっくりしたけど、淳ちゃん刑事さんはまだ天井から外に顔を出している。それを父さんもわかっているから、聞こえないように声を出したんだ。

(なに？)

(ウインカーを父さんが動かす。それに従え)

ウインカーを？

え、でも父さんはウインカーを動かせたっけ？

「くそっ！」

淳ちゃん刑事さんが戻ってきた。

「見えなくなった。とりあえず二つ目の信号を左だ」

「わかりました」

二つ目の信号のかなり手前でウインカーが光った。僕はウインカーをいじってい
ない。父さんがやっているんだ。横目で見たけど、淳ちゃん刑事さんも、たぶん瑠
夏も気づいていない。
（これは）
気づかれないようにうまくウインカーレバーを操作してタイミングを合わせない
とマズイ。そしていいわけも考えておかないと。
二つ目の信号を左に曲がってすぐに、今度はウインカーが右を示したので慌てて
レバーを操作した。
「すばるちゃん？」
淳ちゃん刑事さんが僕を見た。
「カンです」
そう言うしかない。
「もうあの車が見えないので、どこへ向かったかを考えて予想するしかないです。
あのおばさんなら、きっと必ず何とかしようと思ってるはずです。あのまままっす
ぐに走っていけば隣町に出て淳ちゃん刑事さんの管轄外になるんですよね？ 普通
ならそうするはずなのにUターンしたんです。それはきっとあのおばさんが何か
言ってそれに従ったんじゃないかと」
淳ちゃん刑事さんが少し口を開けたのがわかった。

「それで？」

「あの軽自動車、ときどき来るんですけどタイヤが土で汚れていることがあったんです。だとしたら、土の道路があるようなところにあのおばさんの家とかがあるんじゃないかって。とりあえず私の家まで行って隠れようとか、おばさんが加島さんに言ったとしたら」

「土の道路があるようなところ。〈川部〉か」

淳ちゃん刑事さんが言った。

「そうです。〈桜山〉をぐるっと回って向こう側の。あの辺なら田んぼも多くて土の道路もあります。そこに向かうならさっきの角を曲がるのは納得できます。そして、こっちを行けば近道です」

ラジオがチカチカ光った。

適当に言ったんだけど、あってたみたいだ。でも、あのピンクの軽自動車のタイヤが土で汚れていたことがあったのは本当なんだ。

淳ちゃん刑事さんが頷いたのがわかった。

「確かにそうだ」

スマホで淳ちゃん刑事さんが電話を掛けた。

「〈川部〉に向かっています。え？　見えた？」

淳ちゃん刑事さんが後ろを振り返った。

「瑠夏ちゃん、ゴンドさんの車が見えるかい？」

「見えます！」

権藤さん、追いついたんだ。

「生憎見失いました。けれども、すばるちゃんの推測で加島の女の家が〈川部〉付近にあるのではないかということで。はい。ナンバーは1××8です。はい」

淳ちゃん刑事さんが軽自動車のナンバーを覚えていたのにびっくりした。さすが刑事さんだなって。

またウインカーが光った。今度は左。

父さんはわかっているんだろうか。あの軽自動車がどこへ向かっているのか。ひょっとしたら、〈魂の手〉を伸ばしているんだろうか。でも、それは駐車場の中でしかできないって言っていたんだけど。

「了解です」

淳ちゃん刑事さんが電話を切った。

「まだベンツは調べている最中だ。もう少し時間が掛かる。もしも覚醒剤やそういうものが出たなら、すぐに緊急手配をする。もう少し頑張ってくれないか」

「了解です！」

たぶん、父さんはわかっているんだ。車がどっちへ行ったのか、追えているんだ。そうじゃなきゃこんなことはしないはず。

「こっちへ行くと、〈桜山〉の左？」

瑠夏が言った。

「そうだね。それもカン」

〈桜山〉の右側を抜けようとすれば、そのまま海の方へ行っちゃう。左側を抜けていくと〈名波川〉を渡ってしまう。

ウインカーが右を出した。それに合わせてレバーを動かす。こっちに行くと果樹園とか牧場がある山の方だ。

そして今度は左。

「あ！」

瑠夏が声を上げた。

「今、チラッとピンクの車が見えた！　そこの信号左！　山を登ってる！」

ビンゴだ。

淳ちゃん刑事さんがスマホを出した。

「確認しました。前を走るピンクの軽自動車がそうです」

坂を登っていく。この辺は果樹園が多いんだ。学校の遠足でリンゴ狩りやサクランボ狩りに来たことが何度もある。

「曲がった！　脇に入ったよ！」

瑠夏が叫んで、頷いた。

果樹園の看板が見えたけど、ボロボロだった。

「すばるちゃん車をその入口付近で停めるんだ」

「はい」

果樹園の入口だった。でも、明らかに看板はボロボロだからもうやっていないところかもしれない。すぐに木造の倉庫みたいなのがあって、奥に家があって、その向こうに木が見える。あの木はきっとリンゴの木だ。

そして、ピンクの軽自動車もあった。家の前に停まっている。

「絶対に車から降りないように！」

そう言って淳ちゃん刑事さんがドアを開けて外に出た。シトロエンのすぐ後ろに車が停まる音がしたのでサイドミラーで見たら、権藤さんのランドクルーザーだった。

権藤さんも車から飛び出してきた。

「すばるちゃん、あれ！」

瑠夏が隣に来て小さな声で言った。

ピンクの軽自動車のドアが開いたと思ったら、加島さんが飛び出してきた。

「加島！」

権藤さんだ。グレーのよれよれのスーツ。淳ちゃん刑事さんと並んで立った。

「何の用だよ。二人揃ってまぁ」

加島さんがすごい勢いで助手席側に回った。そしてドアを開けると、女の人の腕を摑んで中から引きずり出すようにした。

「おい！」

「近づくな！」

（女の人は、無事かい？）

父さんが小声で訊いてきた。

「無事だけど」

「でも」

瑠夏が言った。

加島さんは、女の人の首に左腕を回した。

「近づくなよ二人とも」

加島さんの右手に、女の人の首にナイフが見えた。

「ナイフだ。女の人の首にナイフを」

『赤坂くんと権藤さんは』

「動いていない」

二人とも、足を止めている。

「加島」

「動くなよ。この女、殺すぞ」

声が聞こえてくる。大声じゃないんだ。普通の声で喋っている。それで余計に怖くなってしまった。冷静ってことだ。

「加島。あのベンツから出てきた粉に反応があったぞ。あきらめろ」

権藤さんが言った。出てきたのか。

「嘘吐けよ権藤さん。それなら今頃サイレンが聞こえて一個中隊ぐらいパトカーが来る頃だろ。何も聞こえないぞ」

確かにそうかもしれない。この辺には高い建物なんか何にもないし、山の中腹だから音は下から上ってくるようによく聞こえるはずだ。

パトカーのサイレンは聞こえてこない。

「父さん、警察無線聞けないの」

『そんなことできるはずないだろう。シトロエンにそういう装備があるなら別だけど』

そうか。そうだよね。

「加島さん」

淳ちゃん刑事さんだ。

「何で逃げ出したのかわからないけど、まだあなたは何もしていない。せいぜいそのナイフが銃刀法違反だ」

「生憎だったな。このナイフはその車の中にあったんだ。こいつの持ち物だぜ」

淳ちゃん刑事さんと権藤さんは背中しか見えない。その間から加島さんと女の人の顔は見えるけど、女の人は落ち着いているように見える。ナイフを首筋に当てられているのに。

「傷つければ傷害罪だし、そうやって逃げようとしているのは明らかにあのベンツに何かがあるからだろうよ」

権藤さんだ。

「時間の無駄だ。罪を重ねる前に、そのナイフを捨てろ。赤坂が言ったように今ならまだ何もしてない。ベンツの中のものも、お前が用意したわけじゃないだろ。運んですらいないんじゃないか？」

加島さんの表情が少し変わった。

「父さん、〈魂の手〉を伸ばしてあの軽自動車のクラクションを鳴らすとか」

『できないよ。赤坂くんと権藤さんに任せるしかない。お前たちは絶対に動くんじゃないよ』

「わかってる」

瑠夏が僕の手を握ってきた。怖いんだと思って、握り返した。本当にこれは何もできない。

でも、ただ見ているだけって本当に辛い。

「なぁ加島よ。まさか立て籠もろうなんて思ってないよな？　本当に時間の無駄だぞ。お前は何もできない。その人は、昔の女なんじゃないか？　捜していたんだろう？　ようやく会えたのにそんな目に遭わせていいのか」

「うるせぇよ！」

加島さんが怒鳴った。

「この女はな！　俺の金をちょろまかしたんだよ！」

ちょろまかした？

「え？」

瑠夏が声を出したけど、きっと権藤さんと淳ちゃん刑事さんも同じふうに口を開けたと思う。

女の人は、ただ顔を顰めただけだ。

「どういうことだ」

権藤さんが軽く手を上げた。

「この通り、俺たちは二人とも丸腰だ。拳銃はない。赤坂に至ってはご覧の通り私服だよ。今日は休みなんだ。そんなもの首に当てなくたってお前がその人を押さえている限り俺たちは手を出せないよ。な？」

権藤さんの声が優しくなった。

「話聞かせろよ。ナイフ下ろしてさ。その女性が何か罪を犯したってんなら、ゆっくりお前の言い分を聞くからさ」

「情状酌量の余地が出てくるかもしれないですよ」

淳ちゃん刑事さんも続けた。

加島さんが息を吐くのがわかった。でも、ナイフは下ろしていない。ちょっとだけ力を抜いたのは、何となくわかった。

「俺の金だよ」

「だから、何の金だ。前に捕まったときにはそんなこと言ってなかったし、まとまった金なんかなかっただろう」

「俺にだって身内はいるんだよ権藤さん。真っ当なカタギのな。そいつがおっ死んで他に身内がいなかったら、そいつの遺したもんは俺のもんになるだろうよ。いくら前科者でも相続する権利はあるだろ」

「その通りだな」

権藤さんがゆっくり頷いた。

「その金を、この女は俺がいないうちに持ち逃げしやがったんだよ」

そんなことをしたんだろうか、あの人。

「すばるちゃん」

瑠夏が小さな声で言った。

「なに」

「いい加減、誰かあの女の人の名前を言ってくれないかしら。何かもやもやしてきたんだけど」

「確かにね」

名前を誰も言わない。

「わかった。それでお前は出所後、その人を捜していたってわけだ。それで今日、バッタリ会った。そのときに運悪くというかタイミングよくというか赤坂に会っちまった。習性で思わずその人の車に乗って逃げ出してしまった。そういうことにしよう。だから、ナイフを下ろせ。三人で、いや四人でゆっくり話し合おうや。そこは、その人の家か」

権藤さんが訊いた。そういえばここは誰の家か確かめてなかったけど、こんな騒ぎを起こしているのに誰も出てこないってことは。

女の人が、ゆっくりそっと手を上げた。

「私の、家です」

ほう、って感じの声が聞こえてきた。きっと権藤さんだ。あの女の人、さっきから思っていたんだけどものすごく落ち着いている。ナイフを嫌がってはいるけれど、全然怖がっていない。

「じゃあ、ちょうどいい。加島、家にお邪魔しよう。お前もそのつもりでここまで来たんだろう」

誰かの携帯が鳴っている。淳ちゃん刑事さんが権藤さんを見たから、きっと権藤さんのだ。

「電話に出ていいかな？　加島」

加島さんがくいっ、と顎を動かした。権藤さんがゆっくりスーツの内ポケットに手を入れて、携帯を出した。

「はい権藤。うん。どうだ？　出たか。そうか」

権藤さんが淳ちゃん刑事さんをチラッと見た。

出たって、ひょっとして。僕も瑠夏と顔を見合わせてしまった。

「いや、準備だけしておいてくれ。すぐにこっちから連絡する。あぁよろしく」

権藤さんが電話を切った。溜息が聞こえてきた。

「済まんな加島。お前が引き取ろうとしていた車の中におかしなものが入っていた。その話も聞かせてもらいたいんでな。署まで同行願いたいんだが、どうだ？」

やっぱり、そうだったのか。あのベンツから変なものが出たんだ。

「俺は関係ない」

加島さんの腕に力が入ったのがわかった。女の人の首筋から少し離れていたナイフが、また近づいた。

「加島」

権藤さんが一歩近づいた。

「来るな！」

大声を上げた。

「下がれ！　俺はその車に乗る。二人とも下がれ！」

「この状況で逃げてもどうしようもないぞ。それがわかんないほど馬鹿じゃないだろ加島」

権藤さんが言うけど、加島さんは一歩前に出た。

「下がれって言ってるだろ！　おい、車をどけろ！」

加島さんはこっちに向かって言った。僕のシトロエンが出口を塞いでいるからだ。

「瑠夏、頭を下げてて」

「うん」

僕の顔はどうせ見られているんだ。どうしようか迷ったけど、淳ちゃん刑事さんが後ろを向いて僕に頷いた。

『前にゆっくり進むんだ。本当にゆっくりな』

父さんが言った。

「わかった」

ゆっくり、ゆっくり動かした。これで車が出ていけるぐらいに空けた。二人はどうするんだろうと思ったけど、淳ちゃん刑事さんも権藤さんもゆっくり、加島さんから眼を離さないように後ずさりしていた。

そのときだ。

権藤さんがお尻の辺りで、手をクイッと動かした。

何かの合図みたいに。僕に向かってしたのかなって思ったけど、その合図が何を意味しているのかまったくわからなかった。

次の瞬間に。

何か、不思議な音がした。

その音がしてすぐに、声が上がった。

加島さんが突然、大きな声を上げて眼を押さえて、後ろにのけ反るように倒れていったんだ。

ナイフは、下に落とした。

淳ちゃん刑事さんが信じられないようなスピードで飛ぶように走って、加島さんに覆いかぶさるように向かっていった。

遅れて権藤さんはナイフを蹴ってずっと向こうにやった。

女の人は、すぐに自分で離れて軽自動車のボンネットに倒れ込むように手を突いた。

権藤さんも加島さんを取り押さえるのを手伝った。

「抵抗するな！」

淳ちゃん刑事さんと権藤さんの声が響いた。

何が起こったのかわからなかったけど。

「すばるちゃん！」

瑠夏が叫んで指差したのは、シトロエンの後ろに停まっていた権藤さんの車。

ランドクルーザー。

そのランドクルーザーの後部座席の窓から、細長い筒みたいなものが出ていて、
それがゆっくり引っ込んだ。

あれは。

「ライフル⁉」

『何だって？』

「そうだよね⁉」

ライフルにしか見えなかった。

でも、何でライフルが。

ランドクルーザーの後ろのドアが開いて、誰かが出てきた。

細くて、長い白髪を後ろで縛ったスーツ姿の男の人。

「仁太さん⁉」

「仁太さん！」

『仁太くん？』

〈喫茶ナイト〉をやっていた仁太さんだ。仁太さんがゆっくり車から降りてきて、
こっちを見た。

「よっ、すばるちゃん。瑠夏ちゃん」

軽く手を上げて、ニヤッと仁太さんが笑った。こっちに歩いてきて、窓から中に頭を突っ込むようにして、ちょいちょいと僕と瑠夏に向かって手招きした。なので、二人して顔を寄せた。

「久しぶりだな」

「はい」

久しぶりだけど、本当に久しぶりだけど、どうしてここに。どうして権藤さんの車に乗っていたんだろう。

「それでな、お二人さんな」

「はい」

「あのな」

「うん」

「今、二人が見たのは、絶対に内緒な」

今、見たのって。

「じゃあ、あのライ」

フルって続けて言おうとした口を仁太さんの大きな手に塞がれた。仁太さんが、にんまり笑う。

「な・い・しょ」

## 十二　旅からナイトへ

女の人に怪我はなかったんだ。

それは本当にほっとした。怪我がなくてもショックで立ち上がれないんじゃないかって瑠夏が心配して見ていたけど、全然普通に元気だったし泣いたりもしていなかった。淳ちゃん刑事さんが心配そうな顔をしながら、女の人から話を聞いているけど、本当に落ち着いて話をしていた。

そして加島さんは権藤さんに手錠を掛けられて、ちょうどいいタイミングでやってきたパトカーの後部座席に押し込まれて、そのままたぶん警察署まで連れて行かれた。そういうシーンを生まれて初めて見たけれど、ああいうときって観念するのか、本当に大人しく座っているんだなぁって感心していた。

「お手柄だったなすばるちゃん」

権藤さんがシトロエンのところまで来て、そう言って笑った。

「いや、僕は何にも」

ただ車を運転していただけだ。

「ひょっとしたら感謝状が出るかもしれないぜ。瑠夏ちゃんも一緒にな」

「そんなのいいですいいです」

瑠夏がぶんぶん手を振った。

「本当にお手柄なのは」

加島さんをエアライフルで撃った仁太さんの方だと思うんだけどって、瑠夏が権藤さんの横にいる仁太さんを見たんだけど、今度は権藤さんと仁太さん二人して唇に人差し指を当てて〈内緒〉のポーズをした。

「いいか二人とも」

「はい」

「さっきのはマジで内緒な。後から一応形式上二人にも詳しく話を聞くけれど、まぁそれはたぶん俺がやるから別にいいんだけど、他の誰にも言わないでくれな」

瑠夏と顔を見合わせてから、大きく頷いた。

それはきっと、エアライフルで人を撃ってはダメだからだ。それがバレたら仁太さんが罪に問われてしまうから。でも、きっと、人助けだったんだしバレてもお咎めなしにはなると思うんだけど、仁太さんは今は短大で教える立場の人だからね。

それは本当にマズイと思う。

「でも、どうして仁太さんが車に乗っていたんですか？」

「たまたまなんだよ」

仁太さんがひょいって肩を竦めた。

「あの道具を修理した帰りにな、〈あかさか〉に寄って飯を食っていたら権藤さんに偶然会ってさ。一緒に店を出て車で送ってもらおうと思ったらこの騒ぎさ」

なるほど。そういうことだったのか。

「まさかこんな事態に出会すとはね」

「本当ですよね」

正直僕もびっくりしていた。まさかこんなことになるなんて。

淳ちゃん刑事さんがあの女の人と話していたんだけど、それが終わったらしくて淳ちゃん刑事さんがこっちに向かってきた。

「ゴンドさん、どうします？　彼女を連れて署に向かいますか」

「どうすっかな」

権藤さんが首を捻った。

「あの金の話は？　彼女は何て言ってた？」

淳ちゃん刑事さんは、首を横に振った。

「まったくそんなのには身に覚えがないそうですよ。加島と知り合いだったのは間違いないそうですけど、もう十何年も会っていなかったし、そもそも加島の言うような男と女の関係でもなかったと」

「そっか」

僕と瑠夏を見た。

「まぁ俺の方でもそういう形で把握はしていたんだし、こっちの二人も巻き込まれただけだから署に来てもらうまでもないんだが、一応書類は作らないとな。俺はこれから加島の野郎をとっちめてから、車に入っていたもののあれこれもあるしなぁ」

うん、って淳ちゃん刑事さんが頷いた。

「じゃあ、僕の方で、ここでもう少し彼女に詳しく話を聞いておきましょうか？すばるちゃんと瑠夏ちゃんには後で一緒にご飯でも食べながら訊くとして」

「ご飯？」

「新しい〈ナイト〉のメニューの味見を二人にしてもらいたかったんですよ。時間あるんだったら、仁太さんもどうですか？」

「いいねぇ」

そういえば、淳ちゃん刑事さんは僕と瑠夏に新しいメニューを味見してもらおうと来たんだった。

「あ、じゃあ僕たち、あの人との話が終わるまで待っていましょうか？　先に帰っちゃったら、淳ちゃん刑事さん商店街に帰るとき困るでしょう」

この辺はタクシーなんかまったく通らないんだ。淳ちゃん刑事さんが、そうか、って顔をして辺りを見回した。

「助かるけど、時間はいいのかい？」

「全然平気です。そんなに長く掛からないですよね？　車で待ってますよ」

「じゃあ、彼女にもシトロエンに乗ってもらって話をするか。この車にはテーブルもあるし」

「皆で一緒にか？」

権藤さんが言った。

「彼女は単なる被害者なんだし、すばるちゃんのところの常連さんでもあるわけだから、まとめて一緒に話を聞いてしまっても問題ないでしょう」

権藤さんが、うん、ってちょっと考えてから頷いた。

「まぁそれでいいか。お前も休みなのにいいのか」

「今更ですよ。後から報告は上げておきます」


権藤さんは自分のランドクルーザーで署に戻っていって、残った皆でシトロエンに乗り込んだ。

僕は運転席で、瑠夏が助手席に乗って、後ろに淳ちゃん刑事さんと仁太さんとあの女の人。まだ名前を知らない。

何だかスゴイっていうか、慣れないメンバーだ。

仁太さんは〈花咲小路商店街〉の名物男みたいな感じだから、僕や瑠夏も小さい頃から知ってるけれどあんまり話したことはない。そもそも仁太さんは謎の人で、あのスゴイ射撃の腕のことだって商店街の皆もつい最近知ったんだ。ハシタンの射撃部の監督になったって話になって「なんで?!」ってすっごい話題になっていた。

ニューヨークで射撃の教官をしていたなんていうとんでもない経歴で、どうしてそんな人が喫茶店なんだかレンタルビデオ屋さんなんだかよくわからないお店をやっていたのか、本当によくわからないんだ。

商店街にいる頃にはいっつも着流しだったんだけど、監督になってからはスーツだったりジャージだったりしているんだけど、何を着ても仁太さんって似合うんだよね。

「小岩さん、すみませんね。改めてもう少しお話を聞きますけれど」

淳ちゃん刑事さんが言って、女の人が微笑んだ。

小岩さんって名前だったんだ。きっと淳ちゃん刑事さんはさっき名前を確認したんだな。

「お仕事は大丈夫ですか?」

訊いたら、小岩さんはまたにっこり微笑んだ。

「大丈夫ですよ」

「何をされてるんですか?」

ここがチャンスだと思って、運転席から僕が訊いてしまった。小岩さんは僕を見て小さく頷いた。

「あなたも、知ってると思うんだけど〈まるいち弁当〉をやっているの」

「〈まるいち弁当〉さん?!」

ちょっとびっくりしてしまった。

「あそこのお弁当屋さんだったんですか」

淳ちゃん刑事さんだ。

「そうなんです。ですから、一応経営者ってことになりますね」

一応どころかれっきとした社長さんだ。

「何度も食べてますよ僕たち」

「美味しいです！」

僕と瑠夏で言ったら、にっこり嬉しそうに笑った。

「ありがとう。実は私もお店の調理場にいることがあるのよ。だから、あなたたちが買いに来てくれたのを見たことあるの」

「そうなんですか」

全然気づかなかったって言ったら、手で頭と口を覆うような仕草をした。

「キャップをしてマスクもしているしね。それに、お弁当を買いに来て厨房の中なんか覗き込まないでしょう」

確かにそうかもしれない。

「それで、ときどきうちの駐車場に来られるんですね」

「そうなのよ。普段は家からバスなんだけど、いろいろ他の用事があって車で行かなきゃならないときはね」

ラジオがチカチカ光った。お店のオーナーかもっていう父さんの予想が当たっていたからかな。

「それじゃあ料理のプロですね。一緒にメニューの味見をお願いしたいですね」

淳ちゃん刑事さんが言ったら、小岩さんは笑った。

「プロだなんて。そんなことはないです。メニューを作っているのは任せている人なので、私は本当に経営者ってだけで」

それでもお弁当屋さんをやっているんだから、きっと料理が好きな人なんだと思う。あそこのお弁当は本当に美味しいし。

「それで、話の続きですけど」

「はい」

「加島とは十何年も会っていないということでしたが、連絡もなかったんですね？」

「なかったです」

小岩さんは、以前精密機器関係の会社で事務員をやっていたそうだ。加島さんはその当時、その会社によく顔を出していたんだって。社長さんと知り合いなのは確かだろうけど、加島さんが何をやっていたのかもよく知らない。

「それで、当時加島に声を掛けられたと」

「そうです」

小岩さんもまだもう少し若かったたし、羽振りの良さそうな加島さんの誘いで一、二回だけど食事をしたことはあったたし、お酒を飲みに行ったこともある。でも、そんな関係にはなっていなかったし、小岩さんが会社を辞めた時点でもう会うこともなくなった。

「今回、加島があなたのことを捜していた件については、どうでしょう。何故あいつはあなたのことを自分の女のように話していたんでしょうね。しかも金を奪ったなどと」

小岩さんは困った顔をして首を捻った。

「まったくわからないんです。さっき、駐車場でばったり出会したときに本当に久しぶりに加島さんの顔を思い出して、でもわけのわからないうちに無理矢理車に押し込まれて何がどうなっているんだろうと」

「そうです。一応は知り合いだったから、何が起こっているのか確かめようと思って車の中で話をしました」

そのときに、金はどうしたとか訊かれたって。

「何のことかまったくわからなかったんですけど、でも、あの人は当時の知り合いの名前を出していました。前の会社で同僚だった、小中さんという女性です。その人から私のことを聞いたと」

淳ちゃん刑事さんが、小中さん、って繰り返した。

「あ、淳ちゃん刑事さん、そこの棚にメモ帳とか入っていますよ」

「あぁありがとう」

淳ちゃん刑事さんがメモとボールペンを出すのがわかった。今日は休みなんだからそういうのは持ち歩いていなかったよね。

「小中多恵子さんという方なんですけど、当時会社の近くのアパートで一緒に暮らしていたんです」

「親しかったんですね？」

「たまたま同じ時期に中途入社して、年も同じでしかも同じアパートに引っ越してきたんですよ。貯金もしたいしお家賃ももったいないって話して、じゃあ一緒に暮らそうと」

なるほど、って淳ちゃん刑事さんがメモを取っている。

「その小中さんは、私より加島さんと親しかったはずなんです。むしろ、彼女が加島さんと、その」

小岩さんがちらっと僕と瑠夏の方を見て言い難そうな顔をした。

「男女の仲だったはずです」

そういう話か。大丈夫です。童顔ですけどもう高校卒業してるんでそんな話で恥ずかしがったりしません。

「だったはず、と言うのは、彼女とは一緒に暮らしてはいましたけれど、そういう話、つまり親しい異性関係の話なんかを相談し合うような仲ではなかったんですね。もうそんなに若くはありませんでしたし」

あまり他人に聞かせるような話じゃないけれどって小岩さんは続けた。その小中さんも小岩さんも、家族の縁が薄くてほとんど天涯孤独のような感じ。だから、本当に貯金をするために一緒に暮らしているパートナーのようなものだったって。

「その小中さんから私のことを聞いたと、さっき加島さんは言っていました。それで私を捜していたって」

ふむ、って淳ちゃん刑事さんが考え込むのがわかった。

「その小中さんは今はどちらに」

「それが」

小岩さんが、少し息を吐いた。

「亡くなられたと以前に聞きました」

「お亡くなりに」

「一緒に暮らしたのは一年ほどです。先に小中さんが会社を辞められて部屋を出ると。はっきり訊きませんでしたけど加島さんと暮らすのかと私は思っていました。引っ越ししてからまったくお付き合いはなかったんですけど、二、三年前でしょうか。ばったり会った昔の同僚から、ご病気で亡くなられたと」

そうだったのか。

「その小中さんが小岩さんがお金を取ったと？」

「その辺は聞いていないのでわからないです。加島さんは逃げようと興奮していたので、落ち着いてほしい、ちゃんと話をしたいから私の家へ行こうと頼んだんです。それで」

「あの家へ向かったんですね。加島は僕たちがこの車で追いかけていたのに気づいていましたか？」

「気づいていなかったと思います。私の家に着いたときに、急に慌てたようにしていましたから」

なるほど、って淳ちゃん刑事さんが頷いた。

「可能性としては、その小中さんと加島の間で金銭トラブルがあり、何らかの勘違いで小岩さんが巻き込まれたってことでしょうかね」

小岩さんは、本当に困った顔をしながら小さく頷いた。

「今の時点では、そうじゃないのかな、としか私は言い様がありません」

☆

駐車場に帰ってきて、弦さんと中村さんにとりあえず何事もなく、皆に怪我もなく終わったからって話をした。もちろん、仁太さんの件は内緒で。

駐車場にあったベンツは警察が持っていったし、その辺りのことは片づいたら後で全部権藤さんが説明してくれるって弦さんが言っていた。僕はただ車を置かせただけなんだから、この後に何か迷惑を掛けられるようなことはないはずだけど、万が一少しでもおかしなことがあったらすぐに警察に連絡しろって権藤さんも言っていたそうだ。淳ちゃん刑事さんも部署こそ違うけど、ちゃんと気を配っておくからって言ってくれた。

夕方になって、駐車場は弦さんにお願いして瑠夏と二人で〈喫茶ナイト〉に来た。メニューの味見をしにね。

〈喫茶ナイト〉に入ったのは実は初めてだった。何度も店の前は通ったことがあるから何となく雰囲気は知っていたんだけど、すごく明るくなったような気がする。

以前は壁一面にビデオやＤＶＤがずらり並んでいたらしいんだけど、それは全部倉庫に入れられて、たくさんの絵や作品が掛けられていてまるでギャラリーみたいだった。

ミケさんは美術関係の人で自分でもいろいろ作品を作っているので、新生〈ナイト〉はアート作品を展示したり、ライブもできるお店になるみたいなんだ。

「大変だったわね」

ミケさんがそう言って迎えてくれて、僕と瑠夏も本当に何だか大変でしたって笑った。淳ちゃん刑事さんが詳しいことは捜査上のことなので教えられないけどって話してくれたけど、権藤さんが加島さんを尋問して疑問点は全部解消されたそうだ。結局、あそこで話した通り、小岩さんはただ巻き込まれただけ。それはもう電話で教えてあげたって。良かったと思う。小岩さんはいい人だと思うし、これからも〈カーポート・ウィート〉を利用してくれるだろうし。

「開店はいつなんですか」

ミケさんに瑠夏が訊いた。

「もうちょっとかな。まだ住居になる二階の改装が終わっていないの」

二階はミケさんと淳ちゃん刑事さんの新居なんだ。そこに住んでいた望さんは〈あかさか〉の二階に住んでいるし、仁太さんはハシタンの寮だ。そしてこずえは専門学校を卒業したらここの従業員になることがほぼ決まり。

味見したメニューは〈ナイト〉の元々の内装がアーリーアメリカン調なので、それに合わせてハンバーガーやコッペパンだった。ハンバーガーなんか本当に美味しかったし、パンも全部手作りなんだって。コッペパンもいろんなものを挟んで食べるんだけどむちゃくちゃ美味しかった。これがメニューに出るんだったら週に何回も食べに来たいぐらい。

僕と瑠夏と仁太さん、それに淳ちゃん刑事さんとこずえとミケさん、皆でメニューを味見して感想を言い合って、それから淳ちゃん刑事さんが一応僕と瑠夏に今回の騒動のことを確認して話は終わった。

「さっきの小岩さんだけどな」

仁太さんが僕に向かって言った。

「すばるちゃんところの常連さんだって話だったけど、いつぐらいからだ？」

「覚えてないですけど、でもたぶんあのお弁当屋さんができたぐらいだったと思いますよ」

そうか、って仁太さんが小さく頷いた。

「どうしたんです？」

淳ちゃん刑事さんが訊いたら、いや、って仁太さんは小さく首を振った。

「どこかわけありな感じだったんでな」

そう言って仁太さんは僕を見て少し笑った。

「何か辛いことや悲しいことがいろいろあって、それを乗り越えて今こうしているんだって感じがしたんでな。まぁちょっと気になっただけだ」

「それは、そうですね」

淳ちゃん刑事さんも頷いていた。


〈喫茶ナイト〉から戻ってきて、そのまま瑠夏は家に帰って、僕はシトロエンの運転席に座っていつものようにお客さんを待っていたんだ。父さんにも〈喫茶ナイト〉

のメニューは美味しかったって話をして、それから小岩さんもやっぱりただの被害者だったよって話をしたら、父さんも『良かった』って言っていた。

ラジオがチカチカ光ったのでまた何か言うのかって思ったけど、違った。ふと外を見たら、ミケさんがこっちに歩いてきていたので、車を降りた。

「ミケさん」

「またごめんね」

どうしたのかと思ったら、ミケさんが茶色の紙包みを僕に手渡してきた。

「味見のメニューの残りで作ったの。夜食にでも食べて」

「あ、すみません」

中を見たらサンドイッチが入っていた。具もいろんな種類があって美味しそうだった。でも何でって思ったんだけど。

「瑠夏ちゃんは帰ったの？」

「帰りました」

瑠夏の部屋がある蔵を見上げたら電気は点いていなかったので、居間にいるかお風呂にでも入っているか。ミケさんも同じように見上げてから、小さく頷いた。

「すばるくんは、田沼家の皆さんに見守られて育ってきたのよね」

そう言って僕を見て、微笑んだ。確かにそうなので頷いたけど、何を言い出すんだろうと思ってしまった。

「これはちょっと内緒にしてほしいんだけどね。実は私は、依頼を受けて人を見守る仕事をしていたことがあるの」

「見守る仕事？」

「イギリスでは〈オブザーバー〉って言うのよ。日本では馴染みがないけれど、その人のことを文字通り見守るお仕事。ただし、その人には決して見守っていることがわからないようにね」

そんな仕事があるのか。そしてミケさん、そんな仕事もしていたんだ。ミステリアスな美女っていうのはそんなところからも来てるのかな。

「いろんな仕事をやってたんですね。ミュージシャンだし、画家でもあるし」

ミケさんが微笑んだ。

「今度は〈ナイト〉の店主になるわ。開店したら、瑠夏ちゃんと常連になってね。こずえちゃんもいるし」

「もちろんです」

じゃあね、って瑠夏さんは手を振って、商店街の方へ戻っていった。ミケさんって、足取りが軽やかでしなやかで本当にネコみたいなんだ。きっと運動神経が相当にいいんだと思う。

運転席に戻ったら、ラジオがチカチカ光った。

「今の、聞こえていた？」

『聞こえたよ』

「おもしろいことやっていたんだね、ミケさん。オブザーバーだって。見守る仕事」

『そうだな』

少し沈黙があったけど、その間ずっとラジオがチカチカ光っていた。

『すばる』

「なに？」

『母さんのことだけどな』

「うん」

何だろうと思ったら、また父さんは少し沈黙した。

「どうしたの」

『もしも、お前に会いに来たらどうする』

「どうするって」

『もしも、の話だ。考えたことはあるだろう』

もちろん、考えたことは何度かあるけど。

「泣いたり怒ったりはしないよ。もちろん、母さんがどんなふうに会いに来るかにもよると思うけど、会いたくなって来てくれたのなら、ちゃんと会って話をすると思う」

『そうか』

「うん。なんで？」

『いや』

ラジオがチカチカ光った。

『仮にそうなったときに、父さんは母さんと話をできそうもないからな』

「そうだね」

いきなり父さんの声が聞こえたらびっくりして失神しちゃうかもしれないし、説明しても、お坊さんだった稲垣さんとは違って、信じてくれなくていろいろとややこしいことになってしまうかもしれない。

『たぶんなんだが、すばる。父さんが死んだことを母さんは知っている』

「そうなの？」

それは、初めて聞いた。もちろん誰かに訊けばすぐわかることだから、母さんが知るのは簡単なことだろうけど。

「でも、どうして父さんそれがわかったの。母さんを見かけたの？」

『見かけてはいないよ。お前が弦さんとお墓参りに行ったときに、ときどき誰かが供えてくれた花があったろう。誰が来てくれたのかわからなかった花』

「あったね」

親戚がほとんどいないから、麦屋家のお墓参りをする人は少ないんだ。僕と弦さん以外いないと言ってもいい。それなのに、ときどき花が供えられていた。

『あれは、母さんじゃないかと弦さんが言っていた。誰が供えてくれたのかわからないから、お寺の人にちょっと訊いてみたことがあるそうだ。どんな人が来ていたか見ていないかって』

「それで」

『そうだ。女の人が来ていたらしい。弦さんは母さんのことを覚えている。確信はないけれど、話を聞いた年恰好からは、母さんじゃないかと思うってね』

「そうなのか」

そうだった。普段は考えたことないけど、当然弦さんは母さんのことを知っているんだ。母さんは父さんが死んだことをどうやって知ったんだろう。誰かに訊いたんだろうか。それともこの辺にまた来たんだろうか。

しばらく沈黙があって、またラジオがチカチカ光った。

『すばる』

「なに」

『母さんは、お前のことを遠くから見ているのかもしれないな。本当にひょっとしたらの話だけど、お前と離れたことを母さんは悔いたのかもしれない。それでも、今更会いには来られなくて、遠くから見つめて、見守っているのかもしれない。もしもそうだったのなら、すばる』

「うん」

『もしもそうだとしたら、何を勝手なとか、責めたりしないでくれると、父さんは嬉しい』

父さんは母さんを憎んでいたりはしない。それは知ってる。何度も聞かされた。

「大丈夫だよ」

僕もそんな気持ちはない。

もしも、会いに来てくれたのならちゃんと話はすると思う。

「父さん」

『うん』

「何でそんな話をしてるのか、わかるよ」

『わかるのか』

わかるよ。

『さっきのミケさんの話か？』

「違うよ」

それもまぁ、あるけれども。

「今日の昼間に、何となくわかったんだ」

『昼間？』

「〈まるいち弁当〉の小岩さんの名前を聞いたときに、ひょっとしたらって思った。〈小岩〉って、母さんの旧姓だよね？」

父さんは、何も言わなかった。

でも、チカチカ何度も光った。

『知っていたのか。父さんは教えた記憶はないんだが』

「じいちゃんに聞いたことがあるんだ。覚えていた。だから、ひょっとしたら、あの人は母さんかもしれないんでしょう？」

父さんが溜息をついたような気がした。聞こえないんだけど、深い深い溜息。

小岩さんって、それほど極端に珍しい苗字ではないと思うけどたくさんいるわけでもないと思う。だから、可能性はある。

『声は、まるで違う』

「うん」

あの人は酒焼けしたみたいなハスキーな声だった。

『髪形も、まるで違う。普段の態度も違う。まるで気づかなかった。でも、今日あの人がシトロエンに乗ってきて、初めてその顔を見た』

「そうだね」

今まで、あの人が車を置きに来ても父さんには顔は見えていなかったんだ。

『ミラーにちらちらと映るだけだから、はっきり見えたわけじゃない。じっくりとも見えていない。他人の空似と言われたら、そうかもしれない』

「でも、似ているんだよね？　母さんに」

また父さんが、溜息をついた。

『よく、似ている』

小岩さんは僕に何度も会っている。顔を合わせている。会話もしている。でも、何にも言ってこない。いつも微笑んでくれて、お仕事頑張ってねって言ってくれる。

「優しそうだし、カッコいい女性だよ」

『そうだな』

優しそうで、そして強い女性なんだ。自分でお弁当屋さんを開いて、自分の人生を一生懸命生きている女性なんだ。

どうしてあそこに、うちの、〈カーポート・ウィート〉の道路向かいにお弁当屋さんを開いたのかは、わからないけれど。正直、お弁当屋さんとしてはあんまりいい立地だとは思えないけど。

いい人だ。そして他人の子供でも一生懸命守ろうとする、いいお母さんなんだ。

それはよくわかった。

「あの黒ずくめの女の人がいたよね」

『中村くんを蹴り飛ばした人かい』

そう。黒猫みたいな女の人。

「ひょっとしたら、ミケさんかなって思ったんだ。そんな気もしていたけど全然理由がわかんないから黙っていたんだけど、オブザーバーなんてことをしていたんだとしたら」

うん、って父さんが言った。

『すばるのことを、見守っていたのかもしれないな。誰かに頼まれて』

「そうかもね」

それはもう終わったのかもしれない。だから、ミケさんはそれとなく僕に言いに来たのかもしれない。

見守ってほしいって頼まれていたんだよって。

母さんに。

「父さん」

『うん』

「いろんな人生があるよね」

『そうだな』

本条のお父さんの人生。〈南龍〉のお兄さんの人生。稲垣さんや、中村さんや、そしてミケさんの人生。

母さんの、人生。

父さんの人生はかなり変わったものになっちゃっているけれど。

「父さん」

『うん？』

「旅に出たくない？」

『旅？』

「そう。旅。シトロエンでさ。気ままに日本中を走って回るんだ。二人で」

父さんと旅行なんかしたことなかった。

ずっと父さんは皆の〈先生〉で、その仕事が大好きだったけど病気になっちゃって入院して。

僕はじいちゃんとずっと一緒に暮らしていて、毎日のように父さんのお見舞いに行って。そして病室でも本ばかり読んでいた。父さんが読んできた本を僕も全部読んできた。そうやって過ごしてきたけど。

「駐車場の仕事をやるのは全然イヤじゃなかったし、このままでもいいって思っていたんだけどさ」

何だか、こうやって駐車場を始めたらいろいろあった。

「僕は、高校は卒業して社会人にはなったけれど、まだ子供だなぁって本当に痛感したっていうか」

『そうだな』

「父さんだって、旅なんかしたことないよね？」

『旅、と言えるものはしたことないかな』

父さんは死んじゃっているけど、魂はここにある。

それはどうしてなんだろうって考えてもわかんないけど、でも、残してしまった小さな子供の僕のことが、本当に心配でたまらなかったっていうのはきっとあると思うんだ。

だから、父さんはここにいる。

それが父さんにとっていいことなのかどうかもわからないけど、少なくともまったく全然普通のことじゃない。

もしも、もしも父さんが、残してしまった僕一人でも大丈夫だって思うことができたのならって考えた。

「目的地は決めないんだ。父さんはミラーで景色も観られるし、ラジオで音も聴ける。なんだったら大きなミラーをつければいい」

『景色も雰囲気も楽しむことはできるね』

「旅の間の食費は僕の分だけあればいいんだし、車で寝るから宿泊費は掛からない。ガソリン代だけでオッケー」

『そう考えると、日本一周してもそんなにお金は掛からないかもしれないね』

「でしょ？」

『いない間の駐車場は、弦さんと中村くんに頼めるか』

「いつも父さんも弦さんも言ってるし。他にやりたいことがあったら好きにすればいいんだって」

『そうだな』

旅をしたから何かが変わるなんて思ってないけれど。

旅か、って父さんが呟くように言った。

『いいな』

「いいよね」

『しかし、もしも行くとしたなら、その旅に瑠夏ちゃんは一緒にいなくていいのかな』

どうなんだろう。

「言えばきっと行く！　って言うと思うけど。誘ってみる？」

ラジオがチカチカ光った。

『そうしよう。三人で、旅をしよう』

「わかった」

ここは僕の家で何でもこの中にあるんだから、旅立ちの準備なんかいらない。皆に挨拶して、行ってきますって。それだけで明日にでも出発できる。

そして、〈カーポート・ウィート〉はここにあるから、いつでも帰ってこられる。

# epilogue

落ち葉が駐車場の中にも目立つようになってきた。〈花咲小路商店街〉の周りには実は緑がけっこうあるんだ。商店街の裏側には個人宅もあるし、そこに木がたくさんある。そして商店街のこっち側、〈カーポート・ウィート〉がある道路には街路樹がずらりと並んでいる。

だから、ただ広いだけの駐車場にはけっこうな量の落ち葉が風に飛ばされて溜まってくるんだよね。放っておいて雨が降ると落ち葉はどんどん腐ってしまったりするので、毎日の掃除は本当に欠かせない。

今日も朝から弦さんと二人で落ち葉を掃いていたんだけど、本格的に秋になる前に帰ってきてくれて正直ホッとしたって、弦さんが言った。

「どうして？　落ち葉の掃除が面倒だから？」

「いや、寒いからだ」

「あぁ、そうだね」

僕と瑠夏と、そしてシトロエンがいない間は弦さんと中村さんはここにプレハブを置いて受付代わりにしていたんだけど、そのプレハブはもうボロボロのもので廃棄処分になっていてもおかしくないようなものだったんだ。

だから、夏は暑くてしょうがなかったし、九月の末頃の冷えた日なんかは寒くてしょうがなかったって。

「ごめんねー。任せっきりで」

弦さんは笑った。

「いや、中村くんと二人なのも楽しかったぞ」

実は中村さんは将棋がめっちゃ強い人だったんだって。弦さんも将棋好きな人なので、二人でずっと縁台将棋みたいな感じで勝負をしながら受付をやっていたらしい。

そうしたら、商店街の将棋好きがどんどん集まってきて皆でトーナメントをやったり、車を置きに来たお客さんの中でも将棋好きはけっこうたくさんいて、それこそ〈縁台将棋〉ができる駐車場ってことで地元のフリーペーパーや、ラジオでも紹介されてしまったんだ。

戻ってきてシトロエンを置くけどもう将棋はなしってわけにもいかないから、そのままにしようって思っているけど、これから寒くなるからね。寒くなったら今度はシトロエンの中で将棋をしなきゃならなくなるかも。

もしくは外に大きなヒーターを置くか。

「はい、おまちどー」

中村さんが大きなゴミ袋を持ってきた。落ち葉はゴミ袋に集めて、ゴミの日に出さなきゃならないんだ。

「今日は手伝いに行くんだろう？〈ナイト〉に」

「行ってくる。こっちよろしくです」

オッケーって中村さんがサムズアップした。

腕の良い自動車整備工が二人もいる駐車場。これをそのままにしておく手はないんじゃないかって、旅をしている間に父さんと瑠夏と話していたんだ。さすがに修理工場をまたここに造るお金はないから、簡単な点検とか修理とかタイヤ交換とかそういうのもできる駐車場もいいんじゃないかって、今考えている。

そうしたら、中村さんにはずっとうちで働いてもらえるし。

僕は、もうすぐ開店になる元〈喫茶ナイト〉を、しばらくの間は手伝うことになった。

バタバタする中で、ミケさんとこずえだけじゃとても回せないからバイトを雇いたいけどあまり予算はないんだってこずえに頼まれたんだ。まぁそのまま従業員になる気はないので、本当に開店前と開店後と合わせて一ヶ月かそこらぐらいかなって思ってる。音楽も好きだし、絵とかそういうのも嫌いじゃないから、いい機会だからいろいろ勉強しようかなと考えているんだ。

父さんも、それはいいんじゃないかって言っていた。きっと瑠夏もずっと出入りしていると思う。
〈喫茶ナイト〉の新しい名前は、〈Knightart〉。
日本語で書くと〈ナイタート〉だ。
ミケさんが、ナイトとアートをくっつけちゃった造語。
しばらくは、そこにいるつもり。

この作品は二〇一八年九月にポプラ社より刊行されました。

# 花咲小路三丁目北角のすばるちゃん

小路幸也

2020年9月5日　第1刷発行

発行者　千葉 均
発行所　株式会社ポプラ社
〒102-8519　東京都千代田区麹町4-2-6
電話　03-5877-8109(営業)　03-5877-8112(編集)
ホームページ　www.poplar.co.jp
フォーマットデザイン　bookwall
校正・組版　株式会社鷗来堂
印刷・製本　中央精版印刷株式会社

©Yukiya Shoji 2020　Printed in Japan
N.D.C.913/343p/15cm　ISBN978-4-591-16778-6

落丁・乱丁本はお取り替えいたします。小社宛にご連絡ください。
電話番号　0120-666-553
受付時間は月～金曜日、9時～17時です(祝日・休日は除く)。

本書のコピー、スキャン、デジタル化等の無断複製は著作権法上での例外を除き禁じられています。
本書を代行業者等の第三者に依頼してスキャンやデジタル化することは、たとえ個人や家庭内での
利用であっても著作権法上認められておりません。

P8101412